高职国家示范专业规划教材·物流管理专业

U0095474

仓储配送中心布局
与管理实训手册

叶靖 李作聚 主编

刘华 胡丽霞 副主编

清华大学出版社

北 京

内 容 简 介

"仓储配送中心布局与管理"是物流管理专业的一门核心课程,本实训手册是该课程教材的配套教材。主要内容包括仓储配送企业认知、仓储配送业务操作、仓储配送运营控制和仓储配送中心布局管理的实训内容。通过实训,学生可以加深对教材实际运用的理解,掌握仓储配送中心业务操作技能、运营控制知识和布局管理的相关技能。

本实训手册采取项目式内容编排形式,每一项目下有多项任务。内容编写突出"知识简练实用、技能训练深入"的特点,可实现物流基层领班人所需要的物流管理与业务操作技能。

图书在版编目(CIP)数据

仓储配送中心布局与管理实训手册/叶靖,李作聚主编. —北京:清华大学出版社,2011.3

(高职国家示范专业规划教材. 物流管理专业)

ISBN 978-7-302-24999-3

I. ①仓… Ⅱ. ①叶… ②李… Ⅲ. ①仓库管理-高等学校:技术学校-教学参考资料②物流-配送中心-企业管理-高等学校:技术学校-教学参考资料 Ⅳ. ①F253.4 ②F252

中国版本图书馆 CIP 数据核字(2011)第 028278 号

责任编辑:帅志清
责任校对:刘　静
责任印制:王秀菊

出版发行:清华大学出版社　　　　　　　　　地　　址:北京清华大学学研大厦 A 座
　　　　　http://www.tup.com.cn　　　　　邮　　编:100084
　　　　　社　总　机:010-62770175　　　　邮　购:010-62786544
　　　　　投稿与读者服务:010-62776969,c-service@tup.tsinghua.edu.cn
　　　　　质量反馈:010-62772015,zhiliang@tup.tsinghua.edu.cn
印　装　者:北京嘉实印刷有限公司
经　　销:全国新华书店
开　　本:185×260　　　印　　张:7.25　　　字　　数:162 千字
版　　次:2011 年 3 月第 1 版　　　印　　次:2011 年 3 月第 1 次印刷
印　　数:1～3000
定　　价:16.00 元

产品编号:036421-01

序　言

近年来,我国高等职业教育蓬勃发展,高等职业教育的规模进一步扩大,服务经济社会的能力有了较大提高,为现代化建设培养了大量高素质技能型专门人才,为高等教育大众化做出了重要贡献。同时丰富了高等教育的体系结构,形成了高等职业教育的体系框架,也顺应了人民群众接受高等教育的强烈需求。

《教育部关于全面提高高等职业教育教学质量的若干意见》(以下简称《意见》)明确指出:课程建设与改革是提高教学质量的核心,也是教学改革的重点和难点。高等职业院校要积极与行业企业合作开发课程,根据技术领域和职业岗位(群)的任职要求,参照相关的职业资格标准,改革课程体系和教学内容,建立突出职业能力培养的课程标准,规范课程教学的基本要求,提高课程教学质量。同时《意见》指出,课程建设要改革教学方法和手段,融教、学、做为一体,强化学生能力的培养。加强教材建设,与行业企业共同开发紧密结合生产实际的实训教材。

北京财贸职业学院作为国家示范院校,物流管理专业作为国家示范专业,坚持以就业为导向,以提高学生综合职业能力为主线,通过校企合作重点开发了"仓储配送中心布局与管理"、"物流运输路线优化设计"、"国际货运代理业务流程设计"、"物流管理信息系统"等优质核心课程。

课程的开发采取了企业调研、岗位访谈、熟悉企业业务流程和工作标准、与企业管理者座谈等形式,结合不同企业类型的特点,总结出岗位典型的工作任务,通过项目的形式,按照实施的步骤,将具体的知识与技能要点体现出来,实现在工作中提高技能,在技能提高中学习知识,真正体现"工学结合"。

为了更好地突出技能的培养,我们还专门开发了相关核心课程的实训手册,这些手册是真正的技能训练,真正的工学结合课程的操作手册。通过此实训手册的训练,学生可以完全胜任物流企业基层领班人的岗位工作。

参与本套系列教材编写的团队中有教授、博士等,更有来自企业的管理者、一线专家,可以说本套教材是全体编写团队集体智慧的结晶,十分感谢他们的无私奉献。

王茹芹

2010 年 8 月

近年来,伴随着我国经济的持续快速发展,物流产业蓬勃兴起,国内对物流人才的需求量也越来越大。巨大的人才供需差距使得物流成为社会上的热门专业,物流人才也变得炙手可热。我国的物流专家纷纷呼吁国家加强物流人才的教育培养,众多的高校纷纷开办物流管理专业。在此背景下,我国高等职业教育物流管理专业也蓬勃发展起来。由于物流专业具有环节多、系统性强、科技含量高、理论与实践联系紧密等特点,因此,加强实践性教学,切实提高物流管理专业学生的理论应用技能和业务操作技能,已成为我国物流职业教育健康发展和实现培养目标的当务之举,也是物流职业教育的必由之路。

"仓储配送中心布局与管理"是物流管理专业的一门核心课程,为了加强学生实践技能的训练和提升,培养学生的综合职业能力,我们编写了与《仓储配送中心布局与管理》教材配套的实训手册。本实训手册采取项目式内容编排形式,每一项目下有多项任务。每项实训任务,主要通过预先设置任务情景,以实际操作和情景再现的方式,将相关仓储配送岗位的运作过程直观、形象、连贯地再现出来,从而达到迅速掌握仓储配送操作技能的目的。

对应于基础教材,本实训手册设置了四大项目。项目实训采取任务实训与角色实训相结合的实训模式,每一实训任务都由实训目标、情景设置、实训地点、实训步骤、成果展示、实训评价和技能拓展训练组成。这些实训项目的教学将案例教学法、项目教学法、情景教学法、多媒体教学法、现场教学法等有机地融合在一起。综合采用仿真实训室进行仿真实训,运用物流软件进行模拟操作及仓储企业参观实习等多种手段,实现实际技能的培养,极大地调动了学生参加实训的积极性,增加了课堂教学的信息量,提高了实训效果,而且真正体现了"教师为主导、学生为主体"的教学指导思想。实训手册集中设计了大量的实训题目,结合物流技能大赛的部分内容,更加突出"仓储配送中心布局与管理"课程的培养高技能物流基层领班人的教学目标。

为了推动物流管理专业实践课教学,促进校企间的交流合作,我们在课程开发过程中,采取了企业调研、岗位访谈、熟悉企业业务流程和工作标准、与企业管理者访谈等形式,结合不同仓储配送企业类型的特点,总结出仓储配送岗位的典型工作任务,通过项目的形式,以任务情景为驱动,并基于工作过程,编写成该书。本书由叶靖担任第一主编,负责全书的设计、修改和统稿。全书的写作分工如下:项目一由李作聚和叶靖负责编写;项目二由叶靖负责编写;项目三的任务一由胡丽霞负责编写,任务二由刘华负责编写,任务三由李作聚和徐清云负责编写;项目四的任务一由叶靖负责编写,任务二由杨威和李作聚负责编写。

  本实训手册的编写,积聚了学校和企业的资源,在编写过程中,得到了企业的大力支持,在此一并表示衷心感谢。

  鉴于编者水平有限,书中难免存在错误和不当之处,敬请广大读者批评指正。

编　者

2010 年 12 月

目 录

项目一
仓储与配送中心认知实训

任务　仓储与配送中心调研

▲ 实训目标

1. 熟悉企业调研过程,掌握调研方法;
2. 掌握调研问卷的设计及处理方法;
3. 学会与人交流沟通技巧;
4. 提高语言组织和表达能力。

▲ 情景设置

A 公司是本地区一家第三方物流公司,可以为客户提供仓储、配送、运输、流通加工等综合物流服务,业务遍布全国。为了解 A 公司在本区域物流行业的运作情况和自身业务特点,熟悉企业物流设备使用情况,了解物流技术人员素质等,请设计企业调研问卷,分析总结出上述问题的答案,从而对该企业整体情况有所了解。

▲ 实训地点

物流实训室

▲ 实训步骤

第一步 发放工作任务书

工作任务书主要包括实训目标、实施过程和工作成果等内容，一般的格式如表 1-1 所示。

表 1-1 仓储与配送中心调研工作任务书

班级		姓名		实训时间	
实训目标					
实施过程	信息： 决策和计划： 实施： 检查和评价：				
工作成果					
注意事项					

第二步 任务分配

对任务进行分解，并根据任务目标，对学生进行分组。每组约 5 人，分别负责不同的内容。本任务分配记录如表 1-2 所示。

表 1-2 仓储与配送中心调研任务分配表

任 务	学生角色分配
物流企业调研	作业组共_____人，其中： 前期资料收集_____人： 调研问卷设计_____人： 调研结果分析_____人： 调研报告撰写_____人： 其他：

第三步 布置实训任务

以小组为单位，完成以下实训任务。
（1）策划并调研某一仓储配送企业；
（2）撰写并提交调研报告。

第四步 任务说明

（1）确定调研企业后，首先在网络、报纸、杂志上收集该企业的资料，了解企业的发展历程和在整个行业的地位，以及自身的核心能力、服务的主要客户等。
（2）制定调研提纲时，要考虑任务目标，按照一定的逻辑去设计问卷，并要方便回答。
（3）在问卷调研、访谈实施中，要注意交通安全、交流时的礼节、访谈的技巧等。

第五步 学生执行任务

根据教师的讲解，结合自己的理解，制订时间进度计划，确定负责人，实施调研计划，了解企业物流情况。

第六步 调研总结，形成调研报告

根据本组调研内容，按照一定的逻辑总结调研内容，形成调研报告，以备成果展示。

▲ 成果展示

根据调查的结果,提交一份调研报告,字数不低于 3000 字,一份讲演稿(PPT 格式)。调研报告要注意格式,里面尽可能增加一些图片、表格、数字等。报告中要体现出每个人负责的内容。

▲ 实训评价

实训评价主要是评价学生在课堂上讲解内容的完整性、表述是否清楚、逻辑性如何、成员协作配合等内容。评价的标准见表 1-3。

表 1-3　仓储与配送中心调研实训评价表

考核要素	评价标准	分值/分	评分/分		
			自评(20%)	小组(30%)	教师(50%)
企业认知实训	组织协作能力	25			
	调研问卷设计	25			
	调研报告写作	25			
	调研汇报内容	25			
	评价人签名				
	合　计				
评语					

教师:

年　月　日

▲ 技能拓展训练

【训练一】　图片识读

辨识图 1-1 和图 1-2,完成以下任务。其中传统仓储企业如图 1-1 所示,某仓储型配送中心的剖面图如图 1-2 所示。

训练任务:

(1) 根据图示说出你所看到的设施和设备情况。

(2) 画出该配送中心的布局图。

(3) 思考传统仓库与现代配送中心的差别。

图 1-1 传统仓储企业图示

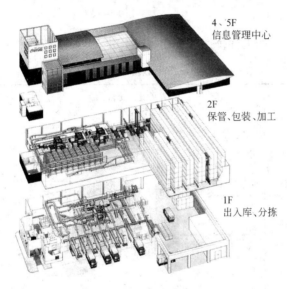

4、5F
信息管理中心

2F
保管、包装、加工

1F
出入库、分拣

图 1-2 某仓储配送中心剖面图

【训练二】 综合技能训练

物流企业调研实训

请以团队的形式(4~5 人),根据仓储、配送企业的类型,选择一种类型的典型企业进行调研,设计出对某物流企业的调研表。调查内容要涉及企业基本情况、物流业务情况、物流设备情况、物流信息化情况及物流管理与作业人员素质情况。调查结束后,采用一定的方法对上述内容进行分析,并提交调研报告(Word 格式)及通过幻灯片(PPT 格式)的形式在班级进行交流。

(1) 训练目标:

通过对不同类型仓储、配送企业的调研和班级小组间的交流,对不同类型的仓储配送企业形成感性认识,了解其主要工作任务、一般工作流程、组织结构、岗位职责、素质要求以及不同类型仓储、配送企业的共同特点和差异之处。

（2）训练准备：

① 按组实施调研，组长负责安全。

② 上网查找相关企业资料，拟定调研提纲。

③ 调研前要事先通知指导老师。

（3）训练步骤：

① 组长带领本组成员到一家仓储或配送中心企业调研。

② 记录该企业的工作任务、仓库工作流程、仓库组织结构、仓库人员岗位职责、仓库工作人员的素质要求等方面的内容。

③ 以两个小组为单位整理调研记录，总结出调研的两个企业仓储配送中心工作的共性和不同点，并完成书面总结。在总结中，可适当附加一些单据或图片等能支持总结论点的资料。

（4）训练评价：

仓储配送中心调研能力评价评分表如表1-4所示。

表1-4　仓储配送中心调研能力评价评分表

考评组		被考评组（发言人）	
调研汇报题目			得　分
考评标准	语言表述准确性和清晰性（15分）		
	调查记录的完整性和及时性（25分）		
	汇报过程体现出的团队合作和责任分工（15分）		
	汇报内容体现出的差异性和共性（25分）		
	调研整个过程的组织安排（20分）		
总分			
签字（本组成员）			

项目二
仓储配送业务操作实训

任务一　订单处理实训

▲ 实训目标

1. 能对订单进行有效性分析；
2. 熟悉订单处理操作流程；
3. 具备订单处理作业操作技能。

▲ 情景设置

北京 A 公司物流配送中心的主要任务是为客户在本地区的连锁分店提供商品的仓储、配送服务，以减轻客户的物流管理负担；依据与客户签订的合同及订单需求，组织供货。该配送中心主要存放食品、饮料、日用品等生活物资。

假设目前该配送中心部分现有商品数量如表 2-1 所示。客户对应货物订单汇总如表 2-2 所示。请为该配送中心做好订单处理工作。

本任务主要涉及客户订单处理工作，通过任务分解，分析具体任务内容，要求学生准确、及时地完成客户订单处理，熟悉相关工作程序及软件处理。

表 2-1 A公司配送中心部分现有商品一览表

序号	品　名	规　格	数量/箱	重量/(kg/箱)	体积/mm³	备　注
1	蒙牛牛奶	250g/袋	50	8	70×50×40	30袋/箱
2	光明牛奶	250g/袋	30	8	70×50×40	30袋/箱
3	可口可乐	1.25L/瓶	40	12.5	60×45×35	8瓶/箱
4	百事可乐	1.25L/瓶	30	12.5	60×45×35	8瓶/箱
5	雕牌洗衣粉	1000g/袋	60	12.5	65×45×30	12袋/箱
6	奥妙洗衣粉	1000g/袋	50	12.5	65×45×30	12袋/箱
7	中华香皂	125g/块	50	7.9	60×40×30	60盒/箱
8	力士香皂	125g/块	40	7.9	60×40×30	60盒/箱
9	白猫洗洁精	500g/瓶	90	12.5	60×40×30	24瓶/箱
10	金鱼洗洁精	500g/瓶	50	12.5	60×40×30	24瓶/箱

表 2-2 A公司客户订单汇总表

序号	品　名	规　格	数量/箱	重量/(kg/箱)	体积/mm³	备　注
1	蒙牛牛奶	250g/袋	30	8	70×50×40	30袋/箱
2	光明牛奶	250g/袋	50	8	70×50×40	30袋/箱
3	可口可乐	1.25L/瓶	25	12.5	60×45×35	8瓶/箱
4	百事可乐	1.25L/瓶	30	12.5	60×45×35	8瓶/箱
5	雕牌洗衣粉	1000g/袋	50	12.5	65×45×30	12袋/箱
6	奥妙洗衣粉	1000g/袋	60	12.5	65×45×30	12袋/箱
7	中华香皂	125g/块	50	7.9	60×40×30	60盒/箱
8	力士香皂	125g/块	70	7.9	60×40×30	60盒/箱
9	白猫洗洁精	500g/瓶	80	12.5	60×40×30	24瓶/箱
10	金鱼洗洁精	500g/瓶	10	12.5	60×40×30	24瓶/箱

▲ 实训地点

物流实训室

▲ 实训步骤

第一步　发放工作任务书

工作任务书主要包括实训任务目标、任务描述和工作成果等内容,一般的格式如表 2-3 所示。

表 2-3 订单处理工作任务书

工作任务				总学时	
班级		组长		组员	
任务目标					
任务描述					
相关资料及资源					
工作成果					
注意事项					

第二步 任务分配

对任务进行分解,并根据任务目标,对学生进行分组和任务分配,具体如表 2-4 所示。

表 2-4 订单处理任务分配表

任 务	学生角色分配
订单处理	作业组共_____人,其中: 订单处理员_____人: 其他:

第三步　布置实训任务

（1）绘制订单处理流程图。

（2）进行订单处理。

第四步　任务说明

（1）接受订单。

（2）确认订单。

① 审查客户信用。

② 检查客户订单是否真实、有效，重点检查品名、数量、送货日期、价格和包装情况。

（3）设定订单号码。

（4）建立客户档案。

（5）存货查询及依订单分配存货。

① 输入商品代号，调出存货资料；

② 查看此商品是否缺货；

③ 依订单分配存货；

④ 进行缺货处理。

（6）计算拣取的标准时间。

① 计算每一单元拣取的标准时间；

② 计算每品项拣取的标准时间；

③ 计算每一订单或每批订单拣取的标准时间。

（7）依订单排定拣货顺序。

（8）分配后存货不足的处理。

如现有存货数量不足，客户又不愿以替代品替代时，应兼顾双方利益，处理方式有以下几种。

① 重新调拨；

② 补送；

③ 删除不足额订单；

④ 延迟交货；

⑤ 取消订单。

客户希望所有订单一起配送到达，且不允许过期交货，而公司也无法重新调拨时，则只有将整张订单取消。

（9）订单处理输出。

第五步　学生执行任务

（1）根据教师的讲解，结合自己的理解，绘制订单处理流程图。

（2）根据教师的讲解，结合自己的理解，经小组商讨决定，采用调整系统原有数据或设定客户订单的方式，模拟以上各情形进行合理分工，完成订单处理，并进行记录。

第六步　形成文字说明

根据本组订单处理任务完成情况,编写简明的订单处理方案说明,以备成果展示。

▲ 成果展示

(1)提交订单处理流程图。

(2)根据订单处理结果,学生需提交设定的原始数据及客户订单,及系统生成的客户订单处理结果等。

▲ 实训评价

学生通过与老师进行交谈,思考哪些由于操作失误造成的缺陷应重新处理,以后如何避免这些问题。

老师对学生的实训结果进行评分,同时将评分结果记录到订单处理实训评价表中,如表 2-5 所示。

表 2-5　订单处理实训评价表

考核要素	评价标准	分值/分	评分/分		
			自评(20%)	小组(30%)	教师(50%)
订单处理实训	订单内容确认仔细、无遗漏	20			
	订单编号、商品分类正确	20			
	查询准确,客户凭证、入库单填写正确	20			
	出库单、送货单填写正确	20			
	实训手册填写规范	20			
评价人签名					
合　计					

评语

教师:

年　月　日

▲ 技能拓展训练

【训练一】 有效订单的识别

某配送中心部分货物的现有库存情况如表 2-6 所示。

表 2-6　某配送中心部分货物的现有库存

序号	品　名	规　格	数量/箱	重量/(kg/箱)	体积/mm³	备　注
1	蒙牛牛奶	250g/袋	50	8	70×50×40	30 袋/箱
2	光明牛奶	250g/袋	30	8	70×50×40	30 袋/箱
3	可口可乐	1.25L/瓶	40	12.5	60×45×35	8 瓶/箱
4	百事可乐	1.25L/瓶	30	12.5	60×45×35	8 瓶/箱
5	雕牌洗衣粉	1000g/袋	60	12.5	65×45×30	12 袋/箱
6	奥妙洗衣粉	1000g/袋	50	12.5	65×45×30	12 袋/箱

从表 2-7 至表 2-11 的订单中识别出 3 月 5 日的有效订单。

表 2-7　订单一

客户：物美超市				送货时间：3 月 4 日　下午		
序号	品　名	规　格	数量/箱	重量/(kg/箱)	体积/mm³	备　注
1	蒙牛牛奶	250g/袋	10	8	70×50×40	30 袋/箱
2	光明牛奶	250g/袋	20	8	70×50×40	30 袋/箱
3	可口可乐	1.25L/瓶	20	12.5	60×45×35	8 瓶/箱
4	雕牌洗衣粉	1000g/袋	20	12.5	65×45×30	12 袋/箱

表 2-8　订单二

客户：家乐福超市				送货时间：3 月 5 日　上午		
序号	品　名	规　格	数量/箱	重量/(kg/箱)	体积/mm³	备　注
1	蒙牛牛奶	250g/袋	15	8	70×50×40	30 袋/箱
2	可口可乐	1.25L/瓶	20	12.5	60×45×35	8 瓶/箱
3	雕牌洗衣粉	1000g/袋	35	12.5	65×45×30	12 袋/箱
4	奥妙洗衣粉	1000g/袋	25	12.5	65×45×30	12 袋/箱

表 2-9　订单三

客户：物美超市					送货时间：3 月 5 日　上午	
序号	品　名	规　格	数量/箱	重量/(kg/箱)	体积/mm³	备　注
1	蒙牛牛奶	250g/袋	40	8	70×50×40	30 袋/箱
2	光明牛奶	250g/袋	5	8	70×50×40	30 袋/箱
3	可口可乐	1.25L/瓶	4	12.5	60×45×35	8 瓶/箱
4	百事可乐	1.25L/瓶	5	12.5	60×45×35	8 瓶/箱
5	奥妙洗衣粉	1000g/袋	10	12.5	65×45×30	12 袋/箱

表 2-10　订单四

客户：美廉美超市					送货时间：3 月 5 日　晚上	
序号	品　名	规　格	数量/箱	重量/(kg/箱)	体积/mm³	备　注
1	百事可乐	1.25L/瓶	15	12.5	60×45×35	8 瓶/箱
2	雕牌洗衣粉	1000g/袋	2	12.5	65×45×30	12 袋/箱
3	奥妙洗衣粉	1000g/袋	50	12.5	65×45×30	12 袋/箱

表 2-11　订单五

客户：家乐福超市					送货时间：3 月 6 日　上午	
序号	品　名	规　格	数量/箱	重量/(kg/箱)	体积/mm³	备　注
1	蒙牛牛奶	250g/袋	10	8	70×50×40	30 袋/箱
2	光明牛奶	250g/袋	5	8	70×50×40	30 袋/箱
3	可口可乐	1.25L/瓶	7	12.5	60×45×35	8 瓶/箱
4	百事可乐	1.25L/瓶	12	12.5	60×45×35	8 瓶/箱
5	雕牌洗衣粉	1000g/袋	6	12.5	65×45×30	12 袋/箱
6	奥妙洗衣粉	1000g/袋	5	12.5	65×45×30	12 袋/箱

【训练二】　现有库存余额分析

（1）训练目的：掌握库存余额分析方法。

（2）训练内容：设计并绘制库存分析表；

进行订单库存分配。

（3）成果展示：提交库存分析表及订单库存分配说明。

【训练三】　WMS 系统订单录入

（1）训练目的：掌握 WMS(仓储管理软件)系统订单录入操作。

(2) 训练内容：将以上订单录入 WMS 系统。

(3) 成果展示：录入结果展示与分析说明。

【训练四】 综合技能训练

(1) 企业概况：

某公司是北京市一家著名的综合性物流公司，企业依据先进的物流管理理念与丰富的物流实践经验，在市场中具有良好的口碑。企业拥有仓储面积 5 万平方米，箱式车辆 30 辆，并配有 GPS 车辆定位系统。其客户主要定位于高端企业，如阿迪达斯、耐克、李宁、松下等。每天出货量达 500 万件左右。配送的客户主要有沃尔玛店、家乐福店、物美店、苏宁店和欧尚店。根据过去一年的经营，企业与大部分客户建立了良好的业务合作关系。表 2-12 为主要客户品牌价值、店面销售、回款反应速度、公司利润与消费者信誉的情况。

表 2-12　某公司客户情况表

店　名	品牌价值	店面销售	回款反应速度	公司利润	消费者信誉
沃尔玛店	5	5	5	5	5
家乐福店	4.5	5	4	4.5	4.5
物美店	4	3	1	2	4
苏宁店	4.5	4.5	4.5	4.5	4.5
欧尚店	3.5	2	2	2	3

注：5——表示满分。

(2) 入库单据：经确认该公司现有订单 6 个，如表 2-13 至表 2-18 所示。请分析订单的有效性。

表 2-13　订单一

店名：家乐福店		送货时间：6 月 5 日上午 10 点	
商品序号	商品名称	纸箱规格	需求量/箱
1	吸尘器	MC—CA293RJ81	5
2	吸尘器	MC—CA291YJ81	4
3	吸尘器	MC—CA783RJ81	3
4	吸尘器	MC—CA781DJ81	0
5	吸尘器	MC—DL563AJ81	0
6	电熨斗	NI—S130TS(红)	12
7	电吹风	EH5246—W405	11
8	电吹风	EH5247—P405	1
9	剃须刀	ES—RL40—S405	0
10	台灯	SQC945L(蓝)	5

续表

商品序号	商品名称	纸箱规格	需求量/箱
11	台灯	SQC916L(蓝)	6
12	电吹风	EH—NE32—P405	3
13	吸尘器	MC—UL282SJ81	0
14	吸尘器	MC—CA781GJ81	2
15	剃须刀	ES4853—W405	15

表 2-14　订单二

店名：沃尔玛店		送货时间：6 月 5 日上午 10 点	
商品序号	商品名称	纸箱规格	需求量/箱
1	吸尘器	MC—CA293RJ81	8
2	吸尘器	MC—CA291YJ81	12
3	吸尘器	MC—CA783RJ81	0
4	吸尘器	MC—CA781DJ81	8
5	吸尘器	MC—DL563AJ81	22
6	电熨斗	NI—S130TS(红)	2
7	电吹风	EH5246—W405	0
8	电吹风	EH5247—P405	15
9	剃须刀	ES—RL40—S405	28
10	台灯	SQC945L(蓝)	5
11	台灯	SQC916L(蓝)	0
12	电吹风	EH—NE32—P405	0
13	吸尘器	MC—UL282SJ81	22
14	吸尘器	MC—CA781GJ81	0
15	剃须刀	ES4853—W405	25

表 2-15　订单三

店名：朝阳欧尚店		送货时间：6 月 5 日上午 10 点	
商品序号	商品名称	纸箱规格	需求量/箱
1	吸尘器	MC—CA293RJ81	6
2	吸尘器	MC—CA291YJ81	12
3	吸尘器	MC—CA783RJ81	0
4	吸尘器	MC—CA781DJ81	5

商品序号	商品名称	纸箱规格	需求量/箱
5	吸尘器	MC—DL563AJ81	0
6	电熨斗	NI—S130TS(红)	0
7	电吹风	EH5246—W405	0
8	电吹风	EH5247—P405	6
9	剃须刀	ES—RL40—S405	26
10	台灯	SQC945L(蓝)	5
11	台灯	SQC916L(蓝)	5
12	电吹风	EH—NE32—P405	8
13	吸尘器	MC—UL282SJ81	0
14	吸尘器	MC—CA781GJ81	0
15	剃须刀	ES4853—W405	42

表 2-16　订单四

店名：物美 4 号店		送货时间：6月5日 下午4点	
商品序号	商品名称	纸箱规格	需求量/箱
1	吸尘器	MC—CA293RJ81	2
2	吸尘器	MC—CA291YJ81	0
3	吸尘器	MC—CA783RJ81	0
4	吸尘器	MC—CA781DJ81	0
5	吸尘器	MC—DL563AJ81	0
6	电熨斗	NI—S130TS(红)	0
7	电吹风	EH5246—W405	12
8	电吹风	EH5247—P405	5
9	剃须刀	ES—RL40—S405	1
10	台灯	SQC945L(蓝)	2
11	台灯	SQC916L(蓝)	3
12	电吹风	EH—NE32—P405	0
13	吸尘器	MC—UL282SJ81	4
14	吸尘器	MC—CA781GJ81	2
15	剃须刀	ES4853—W405	1

表 2-17 订单五

店名：苏宁店		送货时间：6月5日下午4点	
商品序号	商品名称	纸箱规格	需求量/箱
1	吸尘器	MC—CA293RJ81	0
2	吸尘器	MC—CA291YJ81	2
3	吸尘器	MC—CA783RJ81	12
4	吸尘器	MC—CA781DJ81	10
5	吸尘器	MC—DL563AJ81	22
6	电熨斗	NI—S130TS(红)	0
7	电吹风	EH5246—W405	22
8	电吹风	EH5247—P405	0
9	剃须刀	ES—RL40—S405	30
10	台灯	SQC945L(蓝)	3
11	台灯	SQC916L(蓝)	3
12	电吹风	EH—NE32—P405	12
13	吸尘器	MC—UL282SJ81	0
14	吸尘器	MC—CA781GJ81	22
15	剃须刀	ES4853—W405	20

表 2-18 订单六

店名：家乐福店		送货时间：6月5日下午4点	
商品序号	商品名称	纸箱规格	需求量/箱
1	吸尘器	MC—CA293RJ81	5
2	吸尘器	MC—CA291YJ81	0
3	吸尘器	MC—CA783RJ81	0
4	吸尘器	MC—CA781DJ81	0
5	吸尘器	MC—DL563AJ81	3
6	电熨斗	NI—S130TS(红)	0
7	电吹风	EH5246—W405	5
8	电吹风	EH5247—P405	6

续表

商品序号	商品名称	纸箱规格	需求量/箱
9	剃须刀	ES—RL40—S405	15
10	台灯	SQC945L(蓝)	0
11	台灯	SQC916L(蓝)	3
12	电吹风	EH—NE32—P405	0
13	吸尘器	MC—UL282SJ81	4
14	吸尘器	MC—CA781GJ81	8
15	剃须刀	ES4853—W405	0

(3) 训练目标：通过对企业优先权的分析，结合企业出入库单据，依据时间、库存量等指标，判断订单的有效性。

(4) 训练准备：

① 按组实施，组长负责安全；

② 仔细分析客户优先级指标；

③ 了解订单有效性涉及的内容。

(5) 训练步骤：

① 分析客户优先权顺序；

② 确定有效订单；

③ 编写分析报告。

(6) 训练评价：订单处理有效性分析能力评价评分表见表 2-19。

表 2-19　订单处理有效性分析能力评价评分表

考评组		被考评组(发言人)	
汇报题目			得　分
考评标准	语言表述准确性和清晰性(15 分)		
	客户优先权分析的准确性(25 分)		
	汇报过程体现出的团队合作和责任分工(15 分)		
	汇报结果的准确性(25 分)		
	报告撰写的完整性(20 分)		
总分			
签字(本组成员)			

任务二　入库作业实训

▲ 实训目标

1. 了解入库作业的工作内容及步骤；
2. 培养学生编制入库作业计划的能力；
3. 熟练组织货物入库，掌握货物入库的操作技能。

▲ 情景设置

北京 A 公司的物流配送中心准备为客户进一批商品，所进商品的品名、数量、重量、体积等如表 2-20 所示。请为该配送中心做好进货入库工作。

本任务主要涉及物资入库作业管理，通过任务分解，分析具体任务内容，要求学生准确、及时地办理货物的入库验收及交接手续；熟练掌握各种常见的货物堆码方法；熟悉入库相关单据的填制。

表 2-20　A 公司配送中心进货商品一览表

序号	品　名	规　格	数量/箱	重量/(kg/箱)	体积/mm³	备　注
1	蒙牛牛奶	250g/袋	50	8	70×50×40	30 袋/箱
2	光明牛奶	250g/袋	30	8	70×50×40	30 袋/箱
3	可口可乐	1.25L/瓶	40	12.5	60×45×35	8 瓶/箱
4	百事可乐	1.25L/瓶	30	12.5	60×45×35	8 瓶/箱
5	雕牌洗衣粉	1000g/袋	60	12.5	65×45×30	12 袋/箱
6	奥妙洗衣粉	1000g/袋	50	12.5	65×45×30	12 袋/箱
7	中华香皂	125g/块	50	7.9	60×40×30	60 盒/箱
8	力士香皂	125g/块	40	7.9	60×40×30	60 盒/箱
9	白猫洗洁精	500g/瓶	90	12.5	60×40×30	24 瓶/箱
10	金鱼洗洁精	500g/瓶	50	12.5	60×40×30	24 瓶/箱

▲ 实训地点

物流实训室

▲ 实训步骤

第一步　发放工作任务书

工作任务书主要是包括实训任务目标、任务描述和工作成果等内容，如表 2-21 所示。

表 2-21　入库作业工作任务书

工作任务				总学时	
班级		组长		组员	
任务目标					
任务描述					
相关资料及资源					
工作成果					
注意事项					

第二步　任务分配

对任务进行分解，并根据任务目标，对学生进行任务分配，具体如表 2-22 所示。

表 2-22　入库作业任务分配表

任务分解	学生角色分配
入库前准备作业	作业组共_____人，其中： 作业计划_____人： 文件单据准备_____人： 工具设备准备_____人： 作业条件准备_____人： 其他：

任务分解	学生角色分配
验收作业	作业组共_____人,其中: 验收工具准备_____人: 资料验收_____人: 质量检验_____人: 数量检验_____人: 单据处理_____人: 其他:
组托作业	作业组共_____人,其中: 托盘堆码_____人: 组托方式选择_____人: 条码扫描_____人: 其他:
上架作业	作业组共_____人,其中: 叉车工_____人: 条码扫描_____人: 搬运工_____人: 单据处理_____人: 其他:

第三步 任务说明

根据"任务分解",具体说明如下。

任务1:入库前准备作业

1. 制订入库作业计划

(1) 熟悉入库货物状况;

(2) 全面掌握仓库库场情况;

(3) 妥善安排货位;

(4) 制订仓储计划;

(5) 设定装卸搬运工艺。

2. 入库准备作业

(1) 人力准备;

(2) 文件单据准备;

(3) 工具设备准备;

（4）作业条件准备。

任务2：验收作业

1．引导车辆进入月台

2．核对实物与预入库单的一致性

核对货物数量、编号和交货期。

3．检查货物

检查外包装、规格；酌情进行抽样拆箱检查。

4．清点货物数量

（1）清点样品箱内货物数量，确认无误后，将样品放回包装箱内；

（2）清点托盘上整件货物数量。

① 实际交货数量与交货通知单上的数量比较；

② 实际交货数量与预入库单上的数量比较。

5．检验无误后，签收送货单

6．货箱标记

（1）做已验标记；

（2）标记该托盘货物数量；

（3）标记入库储位号。

任务3：组托作业

1．确定组托码放的方式

结合货物及托盘尺寸，确定组托码放方式。常见的组托码放方式如图2-1所示。

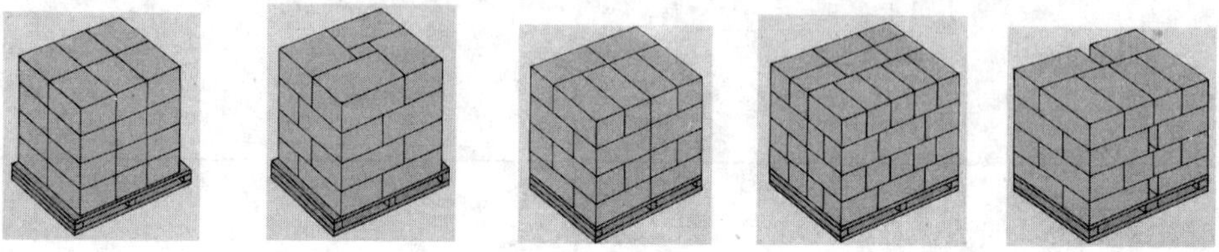

(a) 重叠式　　　(b) 旋转交错式　　　　　　(c) 正反交错式

图 2-1　组托码放方式

2．确定托盘紧固方法

3．进行堆码作业

4．用条码扫描仪扫描货物条码和托盘条码

任务4：上架作业

1．获取储位安排

2．入库交接

进库员与保管员共同查看货单是否一致；如一致，则签验收单确认；如不一致，查找原因。

3．上架操作

（1）叉车司机根据储位安排将托盘放入对应储位；

（2）叉车司机用条码扫描仪扫描托盘条码；

（3）叉车司机用条码扫描仪扫描货位条码。

如果放托盘时发现储位非空，则要求保管员立即查找储位异常原因，及时纠正。

4. 上架后的确认

叉车司机和保管员使用条码扫描仪查询该储位的数据信息，再次确认入库的正确性。

▲ 成果展示

根据入库作业任务，学生展示入库结果，并提交相关单据。

▲ 实训评价

学生通过与老师进行交谈，思考哪些由于操作失误造成的缺陷应重新处理，以后如何避免这些问题。

老师对学生的实训结果进行评价，同时将评分结果记录到入库作业实训评价表中，如表 2-23 所示。

表 2-23 入库作业实训评价表

考核要素	评价标准	分值/分	评分/分		
			自评（20%）	小组（30%）	教师（50%）
入库作业实训	器材准备充分、无遗漏	20			
	验收准确、全面，符合所进商品特性	20			
	单据齐全，填写规范	20			
	堆垛、上架方式正确	20			
	实训手册填写规范、全面	20			
评价人签名					
合　计					

评语

教师：

年　月　日

▲ 技能拓展训练

【训练一】 托盘码垛训练 1

（1）训练目标：掌握托盘货物码垛方法。

（2）训练内容：托盘、装盘、码垛方法训练。

（3）训练器材：1000mm×1200mm 木制托盘或塑料托盘,若干个各种尺寸的纸箱,应用重叠式、纵横交错式、旋转交错式、正反交错式码垛方法进行训练。

（4）训练组织：2 人一组,4 种方法轮训。

（5）训练时间：限 10min 内完成。

【训练二】 托盘码垛训练 2

（1）训练目标：掌握托盘装载货物紧固技术。

（2）训练内容：托盘装载货物的紧固。

（3）训练器材：1000mm×1200mm 木制托盘或塑料托盘,若干个各种尺寸的纸箱、托盘网罩、框架、绑扎带、摩擦材料、专用金属卡具、黏合剂、胶带、收缩薄膜、拉伸薄膜等。

（4）训练组织：2 人一组,10 种方法轮训。

（5）训练时间：每组轮训一次,用时 40min。

【训练三】 托盘码垛训练 3

（1）训练目标：掌握托盘装载货物紧固技术。

（2）训练内容：不同形状货物的堆码。

（3）训练器材：1000mm×1200mm 木制托盘或塑料托盘,板片状物品 50 片,方形物品 50 个,圆桶形物品 50 个,长条形物品 50 条。

（4）训练组织：5 人一组。

（5）训练时间：2 课时。

以上 3 项训练的考核评价评分表见表 2-24。

表 2-24 物品堆码能力评价评分表

考评组			时间	
考评内容	考 核 标 准		分值/分	实际得分/分
堆码训练	能根据不同的物资选择合适的堆码方式		30	
	能说出每种堆码方式的优缺点及适用范围		30	
	正确堆码		40	
	挤压、碰撞、倒置、滑落		−10/次	
总分				
签字(本组成员)				

【训练四】 商品入库前准备

（1）任务设置：某仓储企业于 2010 年 2 月 6 日收到 A 公司的入库通知单，其中包括 300 台 39 寸熊猫彩电、200 台 242L 的海尔电冰箱、400 箱康师傅冰红茶、500 箱统一方便面、600 袋洗衣粉等商品，需入库存放。

（2）训练目标：要求各岗位人员合作完成商品入库前的各项准备工作。

（3）训练要求：编写仓储计划和入库作业计划。

（4）训练评价：本训练的考核评价评分表如表 2-25 所示。

表 2-25　商品入库前准备能力评价评分表

考评组		时间	
考评内容	考 核 标 准	分值/分	实际得分/分
商品入库前准备业务	熟悉入库商品，文件、单证准备齐全	10	
	储存计划的制订完整、合理	20	
	货位准备和安排合理	30	
	验收工具和铺垫材料准备齐全、到位	10	
	装卸搬运合理	10	
	入库作业计划制订合理	20	
总分			
签字(本组成员)			

任务三　在库作业实训

▲ 实训目标

1. 熟悉在库作业内容；
2. 提高整仓、盘点作业技能。

▲ 情景设置

某物流配送中心在接收 A 供应商的一批货物后，需将部分货物进行移库，需移库的货物如表 2-26 所示。然后对整个仓库进行盘点。

本任务主要涉及整仓作业、盘点作业。整仓作业是为提高配送中心作业效率和空间利用率进行的储位调整。盘点作业是为了准确掌握库存数量而对库中货物进行数量清点。

表 2-26 盘点商品信息表

序号	品名	规 格	数量/箱	重量/kg/箱	体积/mm³	备 注
1	蒙牛牛奶	250g/袋 30 袋/箱	3	8	70×50×40	由 03—02—01 货位移至 06—02—03 货位
2	光明牛奶	250g/袋 30 袋/箱	3	8	70×50×40	由 05—03—01 货位移至 03—06—03 货位
3	可口可乐	1.25L/瓶 8 瓶/箱	1	12.5	60×45×35	由 09—02—01 货位移至 07—02—03 货位
4	百事可乐	1.25L/瓶 8 瓶/箱	2	12.5	60×45×35	由 07—02—05 货位移至 09—02—06 货位

▲ 实训地点

物流实训室

▲ 实训步骤

第一步 发放工作任务书

工作任务书主要包括实训任务目标、任务描述和工作成果等内容,如表 2-27 所示。

表 2-27 在库作业工作任务书

工作任务				总学时	
班级		组长		组员	
任务目标					
任务描述					
相关资料及资源					
工作成果					
注意事项					

第二步 任务分配

对任务进行分解,并根据任务目标,对学生进行任务分配,具体如表2-28所示。

表2-28 在库作业任务分配表

任务分解	学生角色分配
整仓作业	作业组共_____人,其中: 工具准备_____人: 单据准备_____人: 软件操作_____人: 整仓作业_____人: 其他:
盘点作业	作业组共_____人,其中: 盘点员_____人: 软件操作_____人: 其他:

第三步 任务说明

根据表2-28中"任务分解",具体说明如下。

任务1:整仓作业

1. 整仓作业准备

(1)工具准备:准备好训练使用的条码扫描仪及储位码。

(2)软件调试:WMS调试及条码扫描仪调试无异常即可进行操作。

2. 整仓作业

(1)扫描原商品储位码和目标储位码;

(2)输入移动商品的数量及相关数据;

(3)系统确认后将货物移到目标储位。

任务2:盘点作业

1. 盘点前的准备

(1)选择盘点周期。

(2)选择盘点时间点。

(3)选择盘点方式:可选的盘点方法有异动盘点、循环盘点、全面盘点。

(4)训练盘点人员:包括盘点的程序、表格的填写、工具的使用等。

(5)冻结库存账及清理盘点场所。

2. 盘点作业

1）准备盘点

（1）盘点前检查 WMS 中出入库单据是否确认完毕。

（2）将盘点人员分组。

（3）划分小组负责区域。

2）生成盘点表

进入 WMS 盘点模块，选定盘点区域，产生并打印盘点表。

3）初盘

（1）找到对应储位，一人负责清点货物，一人负责在盘点表上做记录。

（2）货物信息正确，在记录行上打钩确认；货物信息错误，要在记录行上记录实际的货物数量及名称。

4）复盘

（1）初盘完毕，在 WMS 中打印盘点差异表。

（2）盘点人员互换角色，根据盘点差异表重新盘点存在差异的储位。

（3）复盘人员需用不同于初盘时所用笔的颜色填表。

（4）按照储位上实际的货物信息来修改盘点差异表。

（5）复盘完毕，盘点人员在盘点差异表上签字确认。

5）调整复盘差异

（1）复盘完毕，操作人员上交盘点差异表。

（2）根据复盘结果，在 WMS 中注明差异原因，调整盘点结果。

第四步　教师演示

演示 1：教师演示整仓作业过程。

演示 2：教师演示盘点作业过程。

第五步　学生执行任务

学生分组轮训，练习在库作业处理。

执行任务 1：

（1）读懂所给任务，熟悉整仓准备具体内容，正确操作 WMS 及条码扫描仪。

（2）完成布置的整仓作业。

执行任务 2：

（1）读懂所给任务，熟悉盘点准备具体内容，正确操作 WMS 及条码扫描仪。

（2）完成布置的盘点作业。

▲ 成果展示

根据在库作业任务，学生展示整仓、盘点作业结果，并提交移库产生的出库单、入库单，及盘点生成的盘点单。

▲ 实训评价

学生通过与老师进行交谈,思考哪些由于操作失误造成的缺陷应重新处理,以后如何避免这些问题。

老师对学生的实训结果进行评价,同时将评分结果记录到在库作业实训评价表中,如表 2-29 所示。

表 2-29　在库作业实训评价表

考核要素	评价标准	分值/分	评分/分		
			自评(20%)	小组(30%)	教师(50%)
在库作业实训	移库操作正确、熟练	20			
	盘点前准备充分	20			
	盘点仔细、全面、无遗漏	20			
	单据齐全,填写规范	20			
	实训手册填写规范、全面	20			
评价人签名					
合　　计					

评语

教师:
年　月　日

▲ 技能拓展训练

【训练一】　操作物流软件,打印盘点单,并完成盘点作业

(1) 训练目标:掌握盘点作业组织及方法。

(2) 训练要求:

① 设计盘点任务;

② 操作物流软件,打印盘点单;

③ 组织并完成盘点作业。

(3) 训练评价:本训练的考核评价评分表如表 2-30 所示。

表 2-30　盘点能力评价评分表

考评组		时间	
考评内容	考核标准	分值/分	实际得分/分
盘点作业	组织有序、合理	25	
	软件操作正确	25	
	作业正确、合理	25	
	单据齐全,填写正确	25	
总分			
签字(本组成员)			

【训练二】　操作物流软件,进行移库,并完成移库作业

(1)训练目标:掌握移库作业组织及方法。

(2)训练要求:

① 设计移库任务;

② 操作 WMS 中的移库业务模块;

③ 组织并完成移库作业。

(3)训练评价:本训练的考核评价评分表如表 2-31 所示。

表 2-31　移库作业能力评价评分表

考评组		时间	
考评内容	考核标准	分值/分	实际得分/分
移库作业	组织有序、合理	25	
	软件操作正确	25	
	作业正确、合理	25	
	单据齐全,填写正确	25	
总分			
签字(本组成员)			

任务四　出库作业实训

▲ 实训目标

1. 熟悉出库作业的流程;

2. 培养学生编制出库作业计划的能力;

3. 掌握拣选、复核、打包作业技能;

4. 熟练组织货物出库,掌握货物出库的操作技能。

▲ 情景设置

某物流配送中心依据客户订单送货要求,组织出库作业。出库商品信息如表 2-32 所示,客户需求如表 2-33 所示,出库方式为送货上门,试完成该订单的货品出库作业。

表 2-32 出库商品信息表

序号	品 名	规 格	数量/箱	重量/kg/箱	体积/mm³	备 注
1	蒙牛牛奶	250g/袋	20	8	70×50×40	30 袋/箱
2	光明牛奶	250g/袋	25	8	70×50×40	30 袋/箱
3	可口可乐	1.25L/瓶	30	12.5	60×45×35	8 瓶/箱
4	百事可乐	1.25L/瓶	25	12.5	60×45×35	8 瓶/箱
5	中华香皂	125g/块	20	7.9	60×40×30	60 盒/箱
6	力士香皂	125g/块	18	7.9	60×40×30	60 盒/箱

表 2-33 客户需求情况一览表　　　　　　　　　　　　　　单位:箱

客户名称	需求品种及数量					
	蒙牛牛奶	光明牛奶	可口可乐	百事可乐	中华香皂	力士香皂
甲	5	10	8	10	6	5
乙	5	5	10	5	6	4
丙	6	4	12	6	4	3
丁	4	6	10	4	4	6

本任务主要涉及物资出库作业管理,通过任务分解,分析具体任务内容,要求学生能按照拣货单要求,正确、快捷地拣选作业,并组织复核、打包及装车送达业务。

▲ 实训地点

物流实训室

▲ 实训步骤

第一步　发放工作任务书

工作任务书主要包括实训任务目标、任务描述和工作成果等内容,如表 2-34 所示。

表 2-34　出库作业工作任务书

工作任务				总学时	
班级		组长		组员	
任务目标					
任务描述					
相关资料及资源					
工作成果					
注意事项					

第二步　任务分配

对任务进行分解,并根据任务目标,对学生进行任务分配,具体如表 2-35 所示。

表 2-35　出库作业任务分配表

任务分解	学生角色分配
拣选作业	作业组共_____人,其中: 单据处理_____人: 拣货员_____人: 其他:

续表

任务分解	学生角色分配
复核作业	作业组共_____人,其中: 单据处理_____人: 人工复核_____人: 条码扫描仪复核_____人: 其他:
打包作业	作业组共_____人,其中: 叉车工_____人: 单据处理_____人: 理货员_____人: 其他:

第三步　任务说明

根据表2-35中"任务分解",具体说明如下。

任务1:拣选作业

1. 确定拣选方式

2. 执行拣选任务

1)播种式拣选作业

(1)领取拣货货物汇总表,并签名确认。

(2)拣取总量,置于通道。

① 确认无误后,在拣货表货物数量右侧打钩;

② 储位货物数量不足时,在拣货表对应的货物数量上画圈,并在其右侧标明实际拣取的数量。

(3)签单确认:完成拣货任务后,拣货员签署拣货单,并将货物放到暂存区。

(4)分货:暂存区的分货人员将货物逐一分配到对应门店,等待复核。

2)摘取式拣选作业

(1)领取拣货单,并签名确认。

(2)拣取货物:

① 拣货人员根据拣货单指示逐一拣取货物,及时在拣货单相应的货物右侧打钩;

② 当储位上货物数量不足时,应报告相关管理人员,进行移库补货处理;若无,则在拣货单对应的货物数量上画圈,并在其右侧标明实际拣取数量;

③ 将拣出的货物放入物流箱。

（3）签名确认：

① 拣货任务完成后,将货物放到复核区,等待复核。

② 拣货员签名确认。

任务 2：复核作业

配送中心常采用人工复核和条码扫描仪复核两种复核方式。

1. 人工复核作业

（1）领取单据；

（2）检查单据；

（3）清点货物,并做复核标记；

（4）检查无误,签名确认,提交单据。

2. 条码扫描仪复核作业

（1）领取单据。

（2）检查单据。

（3）清点货物：找到要复核的货物,用条码扫描仪逐一对商品进行扫描。

（4）检查差异：客户货物扫描完毕后,查看条码扫描仪上有无差异显示。

（5）检查无误,签名确认,提交单据。

任务 3：打包作业

1. 自动打包机打包

（1）检查准备

① 安装打包带。

② 检查各部位螺钉、螺母、弹簧是否有松动。

（2）打包机打包

① 接通电源；

② 预热烫头；

③ 选择送带定时时间（送带长度控制）；

④ 启动电机；

⑤ 包件定位；

⑥ 捆扎；

⑦ 送带及复位；

⑧ 退带及复位；

⑨ 关机。

2. 手动打包机打包

（1）检查整套工具；

（2）确定包装带长度；

（3）固定一端包装带；

（4）固定另一端包装带；

（5）安装钢扣；

（6）抽紧包装带；

（7）打钢扣。

第四步　教师演示

演示 1：

（1）教师演示摘取式拣选；

（2）教师演示播种式拣选。

演示 2：

（1）教师演示人工复核及条码扫描仪复核拣选过程；

（2）教师演示条码扫描仪的操作方法。

演示 3：教师演示货物打包过程。

第五步　学生执行任务

执行任务 1：

学生分组轮训，模拟拣货员岗位，练习对货物进行摘取式拣选及播种式拣选。

（1）读懂所给任务，熟悉拣选作业的两种方式及各自特点。

（2）练习摘取式拣选方式。

（3）练习播种式拣选方式。

执行任务 2：

学生分组轮训，模拟复核员岗位，练习对货物进行人工复核及条码扫描仪复核。

（1）读懂所给任务，熟悉人工复核及条码扫描仪复核作业方法。

（2）进行人工复核。

（3）熟悉条码扫描仪的操作方法，进行条码扫描仪复核。

执行任务 3：学生分组轮训，模拟打包员岗位，练习打包。

▲ 成果展示

根据出库作业任务，学生展示出库作业结果，并提交出库单、复核单及送货单等。

▲ 实训评价

学生通过与老师进行交谈，思考哪些由于操作失误造成的缺陷应重新处理，以后如何避免这些问题。

老师对学生的实训结果进行评价，同时将评分结果记录到出库作业实训评价评分表中，如表 2-36 所示。

表 2-36　出库作业实训评价评分表

考核要素	评价标准	分值/分	评分/分		
			自评（20%）	小组（30%）	教师（50%）
出库作业实训	分拣正确、无误、快捷	20			
	复核仔细、全面、无遗漏	20			
	包装合理，符合装卸搬运及运输要求	20			
	单据齐全，填写规范	20			
	整个操作熟练、有序	10			
	实训手册填写规范、全面	10			
评价人签名					
合　　计					

评语

教师：

年　月　日

▲ 技能拓展训练

【训练】　出库业务综合训练

（1）训练目标：

① 掌握出库单据处理技能。

② 掌握出库作业技能。

（2）训练内容：已知某仓储配送中心 6 月 10 号的客户订单如表 2-37 至表 2-42 所示。

表 2-37　订单一

客户：美廉美超市		送到时间：6 月 10 日上午 9：30	
类　　别	名　　称	单　位	数　量
食品类	康师傅苏打夹心饼干（香草巧克力味）	箱	1
	统一方便面（老坛酸菜）	箱	5
	统一 100 方便面（葱爆牛肉味）	箱	3

续表

类　别	名　　称	单　位	数　量
饮料类	550mL 康师傅矿物质水	箱	1
日用品	拖把	箱	1
	洗发水	箱	6
	拉芳洗发水	箱	1
家电类	美的电风扇	箱	3
	九阳料理机	箱	2
主管审批		作废	

表 2-38　订单二

客户：国美电器		送到时间：6 月 10 日上午 8：20	
类　别	名　　称	单　位	数　量
家电类	美的电风扇	箱	12
	九阳料理机	箱	1
主管审批		通过	

表 2-39　订单三

客户：家乐福超市		送到时间：6 月 10 日下午 19：00	
类　别	名　　称	单　位	数　量
食品类	康师傅苏打夹心饼干（香草巧克力味）	箱	3
	统一方便面（老坛酸菜）	箱	2
	统一 100 方便面（葱爆牛肉味）	箱	2
饮料类	550mL 康师傅矿物质水	箱	1
日用品	拖把	箱	2
	洗发水	箱	2
	拉芳洗发水	箱	5
家电类	美的电风扇	箱	2
主管审批		通过	

表 2-40 订单四

客户：家乐福超市		送到时间：6月10日上午9:20	
类 别	名 称	单 位	数 量
食品类	康师傅苏打夹心饼干(香草巧克力味)	箱	5
	统一方便面(老坛酸菜)	箱	3
	统一100方便面(葱爆牛肉味)	箱	1
饮料类	550mL康师傅矿物质水	箱	2
	550mL农夫山泉	箱	1
日用品	拖把	箱	1
	洗发水	箱	2
	拉芳洗发水	箱	20
家电类	美的电风扇	箱	2
主管审批		通过	

表 2-41 订单五

客户：美廉美超市		送到时间：6月10日上午8:30	
类 别	名 称	单 位	数 量
食品类	康师傅苏打夹心饼干(香草巧克力味)	箱	2
	统一100方便面(葱爆牛肉味)	箱	1
饮料类	550mL农夫山泉	箱	2
日用品	洗发水	箱	1
	拉芳洗发水	箱	23
家电类	九阳料理机	箱	1
主管审批		通过	

表 2-42 订单六

客户：物美超市		送到时间：6月10日下午17:00	
类 别	名 称	单 位	数 量
食品类	康师傅苏打夹心饼干(香草巧克力味)	箱	6
	统一方便面(老坛酸菜)	箱	1
	统一100方便面(葱爆牛肉味)	箱	1
饮料类	550mL康师傅矿物质水	箱	2
日用品	拖把	箱	1
	洗发水	箱	40
	拉芳洗发水	箱	9
主管审批		作废	

（3）训练要求：

① 假设库存足够，针对以上订单合成 6 月 10 日批次出库单。

② 根据具体实训条件，设定以上货物初始货位，确定拣货形式，生成拣货单。

③ 完成此出库作业任务。

（4）训练评价：本训练的考核评价评分表如表 2-43 所示。

表 2-43　出库作业能力评价评分表

考评组		时间	
考评内容	考 核 标 准	分值/分	实际得分/分
出库作业	批次出库单合并正确	30	
	拣选单生成正确	30	
	作业完成正确、合理	40	
总分			
签字（本组成员）			

任务五　退货作业实训

▲ 实训目标

1. 熟悉退货作业的流程；
2. 培养学生处理退货的能力。

▲ 情景设置

某物流配送中心给客户送货时，带回客户的退货，配送中心退货组在接收退货后，依据不同的退货原因，进行退货处理。退货商品信息如表 2-44 所示，客户退货原因如表 2-45 所示。试完成该客户的退货处理。

表 2-44　退货商品信息表

序号	品　名	规　格	数量/箱	重量/(kg/箱)	体积/mm³	备　注
1	蒙牛牛奶	250g/袋	2	8	70×50×40	30 袋/箱
2	光明牛奶	250g/袋	3	8	70×50×40	30 袋/箱
3	可口可乐	1.25L/瓶	1	12.5	60×45×35	8 瓶/箱
4	百事可乐	1.25L/瓶	2	12.5	60×45×35	8 瓶/箱
5	中华香皂	125g/块	1	7.9	60×40×30	60 盒/箱
6	力士香皂	125g/块	2	7.9	60×40×30	60 盒/箱

表 2-45　客户退货原因一览表

客　户	退货商品	退货数量/箱	退货原因
甲	蒙牛牛奶	1	
	光明牛奶	2	
乙	可口可乐	1	
	蒙牛牛奶	1	
丙	百事可乐	2	
	力士香皂	1	
	光明牛奶	1	
丁	中华香皂	1	
	力士香皂	1	

　　本任务主要涉及物资退货处理业务,通过核实退货原因,依据相关合约及规定,进行退货处理。要求学生能依据不同退货原因,正确地处理退货业务。

▲ 实训地点

　　物流实训室

▲ 实训步骤

第一步　发放工作任务书

　　工作任务书主要包括实训任务目标、任务描述和工作成果等内容,如表 2-46 所示。

表 2-46　退货作业工作任务书

工作任务			总学时	
班级		组长	组员	
任务目标				
任务描述				
相关资料及资源				
工作成果				
注意事项				

第二步 任务分配

对任务进行分解,并根据任务目标,对学生进行任务分配,具体如表 2-47 所示。

表 2-47 退货作业任务分配表

任务分解	学生角色分配
返品回收	作业组共_____人,其中: 配送_____人: 客户_____人: 退货处理_____人: 其他:
返品交接	作业组共_____人,其中: 退货处理_____人, 软件操作_____人: 配送_____人: 其他:
返品处理	作业组共_____人,其中: 退货处理_____人; 软件操作_____人: 叉车工_____人: 其他:
交单收班	作业组共_____人,其中: 配送_____人: 退货处理_____人: 其他:

第三步 任务说明

根据表 2-47 中"任务分解",具体说明如下。

任务 1:返品回收

1. 准备退货单

2. 在店验收

(1) 货物检查;

(2) 货物清点;

(3) 退货单签收。

3. 返品上车

不同客户退货需做区隔,以方便识别。

任务 2:返品交接

1. 返品到库

(1) 退货卸车;

(2) 堆码托盘。

2. 入库交接

3. 在库点对

配送员与退货验收人员根据退货单信息检查返品数量、规格是否正确。

4. 货物签收

(1) 确认无误后,退货验收人员在退货单上签字确认。

(2) 把退货单的其中一联交回配送员。

任务 3:返品处理

1. 确定返品类型

按返品质量分为良品、次品和残品。

按返品原因分为质量问题的返品、协议退货的返品、过期退回商品和送错退回商品。

2. 返品整理

(1) 良品整理好,放于固定位置。

(2) 不良品转入返品库储位,并按照供应商分类整理。

(3) 残次品做报损准备。

3. 返品处理

(1) 良品使用库内调拨单转入正常仓。

(2) 不良品可按流程退回给供应商。

(3) 残次品使用货物报损单做报损处理。

任务 4:交单收班

(1) 配送车辆返回停放。

(2) 配送员到调度室上交配送单据和车钥匙。

(3) 整理、交接后,收工下班。

第四步 教师演示

演示 1：教师演示返品回收过程。

演示 2：教师演示返品交接点对和签收过程。

演示 3：教师演示返品处理过程。

演示 4：教师演示交单收班过程。

第五步 学生执行任务

学生分组轮训,模拟退货员岗位,练习对退货进行处理。

执行任务 1：

(1) 根据退货单,进行返品验收。

(2) 返品上车,区隔放置。

执行任务 2：

(1) 明确返品退货原因。

(2) 进行返品交接点对。

(3) 完成返品签收。

过 程 指 导

1. 返品的交接清点须当面进行。

2. 退货单据应保持完整。

3. 退货交接完成后,双方在退货单上签名确认,收退员与配送员都应各执一联。

执行任务 3：

(1) 合理区分返品。

(2) 正确进行返品处理。

执行任务 4：

完成交单,收班并清理现场。

过 程 指 导

1. 物流箱回收要确保数量的准确。

2. 确保单据齐全,并及时交给调度室主管。

3. 确保每一张单据都有配送员的签名。

4. 做好车辆的例行检查,确保车辆次日的正常运营。

▲ 成果展示

根据退货处理任务,学生展示退货处理结果,并提交相关单据。

▲ 实训评价

学生通过与老师进行交谈,思考哪些由于操作失误造成的缺陷应重新处理,以后如何避免这些问题。

老师对学生的实训结果进行评价,同时将评分结果记录到评价评分表中,如表 2-48 所示。

表 2-48　退货作业实训评价评分表

考核要素	评价标准	分值/分	评分/分		
			自评(20%)	小组(30%)	教师(50%)
退货处理作业实训	退货原因分析正确	20			
	退货处理得当	20			
	单据齐全,填写规范	20			
	整个操作熟练、有序	20			
	实训手册填写规范、全面	20			
评价人签名					
合　　计					
评语					

教师:
年　月　日

▲ 技能拓展训练

【训练】　退货处理综合训练

(1)训练目标:

① 熟悉退货处理流程。

② 掌握退货处理技能。

(2)训练要求:

① 结合退货的几种原因,分组设定退货情景,形成具体任务并完成。

② 结合以上情景,分组进行描述,并提交实训报告。

(3)训练评价:本任务的考核评价如表 2-49 所示。

表 2-49 退货处理能力评价评分表

考评组		时间	
考评内容	考 核 标 准	分值/分	实际得分/分
退货处理	退货任务设定正确	30	
	退货处理合理	30	
	退货作业执行正确	40	
总分			
签字(本组成员)			

任务六 综合作业实训

▲ 实训目标

1. 熟悉仓储配送作业的整个流程;
2. 培养学生综合作业能力。

▲ 情景设置

1. 货位设定

某企业现场有 2 组标准托盘货架,为 2 层,分别为 6 列和 9 列,共 30 个货位,货位编码及货位初始化确定如图 2-2 所示。

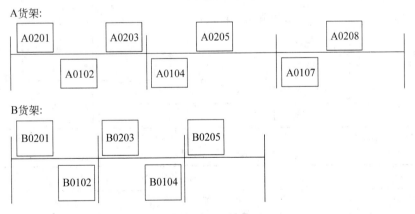

图 2-2 初始货位图

2. 入库单

现有入库单如表 2-50 所示。

表 2-50　入库单

类　别	名　　称	单位	数量	纸箱规格/mm³
食品类	康师傅苏打夹心饼干(香草巧克力味)	箱	48	400×240×200
	统一方便面(老坛酸菜)	箱	30	600×400×220
	统一 100 方便面(葱爆牛肉味)	箱	32	500×400×220
饮料类	550mL 康师傅矿物质水	箱	78	400×240×200
	550mL 农夫山泉	箱	47	400×240×200
日用品	拖把	箱	72	600×300×200
	洗发水	箱	34	400×240×200
	拉芳洗发水	箱	49	400×240×200
家电类	美的电风扇	箱	35	600×400×220
	九阳料理机	箱	20	500×400×220

3. 客户订单

已知某仓储配送中心的客户订单如表 2-51 至表 2-59 所示。

表 2-51　订单一

客户：物美超市		出库日期：7 月 19 日上午	
类　别	名　　称	单位	数量
食品类	康师傅苏打夹心饼干(香草巧克力味)	箱	8
	统一方便面(老坛酸菜)	箱	2
	统一 100 方便面(葱爆牛肉味)	箱	1
饮料类	550mL 康师傅矿物质水	箱	1
日用品	拖把	箱	1
	洗发水	箱	6
	拉芳洗发水	箱	8
主管审批			

表 2-52　订单二

客户：国美电器		出库日期：7 月 18 日上午	
类　别	名　　称	单位	数量
家电类	美的电风扇	箱	13
	九阳料理机	箱	2
主管审批			

表 2-53 订单三

客户：家乐福超市		出库日期：7月18日上午		
类 别	名 称		单位	数量
食品类	康师傅苏打夹心饼干（香草巧克力味）		箱	2
	统一方便面（老坛酸菜）		箱	1
	统一100方便面（葱爆牛肉味）		箱	1
饮料类	550mL康师傅矿物质水		箱	2
日用品	拖把		箱	1
	洗发水		箱	2
	拉芳洗发水		箱	2
家电类	美的电风扇		箱	2
主管审批				

表 2-54 订单四

客户：家乐福超市		出库日期：7月18日中午		
类 别	名 称		单位	数量
食品类	康师傅苏打夹心饼干（香草巧克力味）		箱	6
	统一方便面（老坛酸菜）		箱	1
	统一100方便面（葱爆牛肉味）		箱	1
饮料类	550mL康师傅矿物质水		箱	2
日用品	拖把		箱	1
	洗发水		箱	2
	拉芳洗发水		箱	19
家电类	美的电风扇		箱	2
主管审批				

表 2-55 订单五

客户：美廉美超市		出库日期：7月18日中午		
类 别	名 称		单位	数量
食品类	康师傅苏打夹心饼干（香草巧克力味）		箱	5
	统一100方便面（葱爆牛肉味）		箱	2
饮料类	550mL农夫山泉		箱	2
日用品	洗发水		箱	2
	拉芳洗发水		箱	22
家电类	九阳料理机		箱	1
主管审批				

表 2-56　订单六

客户：家乐福超市		出库日期：7 月 18 日下午	
类　别	名　　称	单位	数量
食品类	康师傅苏打夹心饼干(香草巧克力味)	箱	6
	统一方便面(老坛酸菜)	箱	1
	统一 100 方便面(葱爆牛肉味)	箱	1
饮料类	550mL 康师傅矿物质水	箱	2
日用品	拖把	箱	1
	洗发水	箱	40
	拉芳洗发水	箱	9
主管审批			

表 2-57　订单七

客户：家乐福超市		出库日期：7 月 18 日下午	
类　别	名　　称	单位	数量
食品类	康师傅苏打夹心饼干(香草巧克力味)	箱	8
	统一方便面(老坛酸菜)	箱	2
	统一 100 方便面(葱爆牛肉味)	箱	2
饮料类	550mL 康师傅矿物质水	箱	2
日用品	拖把	箱	3
	洗发水	箱	6
	拉芳洗发水	箱	8
主管审批			

表 2-58　订单八

客户：美廉美超市		出库日期：7 月 18 日下午	
类　别	名　　称	单位	数量
食品类	康师傅苏打夹心饼干(香草巧克力味)	箱	2
	统一方便面(老坛酸菜)	箱	2
	统一 100 方便面(葱爆牛肉味)	箱	3
饮料类	550mL 康师傅矿物质水	箱	2
	550mL 农夫山泉	箱	1

续表

类　别	名　　称	单位	数量
日用品	拖把	箱	21
	洗发水	箱	2
	拉芳洗发水	箱	3
家电类	美的电风扇	箱	1
	九阳料理机	箱	1
主管审批			

表 2-59　订单九

客户：物美超市		出库日期：7 月 18 日下午	
类　别	名　　称	单位	数量
食品类	康师傅苏打夹心饼干(香草巧克力味)	箱	2
	统一方便面(老坛酸菜)	箱	2
	统一 100 方便面(葱爆牛肉味)	箱	3
饮料类	550mL 康师傅矿物质水	箱	2
	550mL 农夫山泉	箱	2
日用品	拖把	箱	2
	洗发水	箱	2
	拉芳洗发水	箱	1
家电类	美的电风扇	箱	2
	九阳料理机	箱	1
主管审批			

▲ 实训地点

物流实训室

▲ 实训步骤

第一步　发放工作任务书

工作任务书主要包括实训任务目标、任务描述和工作成果等内容,如表 2-60 所示。

表 2-60　综合作业工作任务书

工作任务				总学时	
班级		组长		组员	
任务目标					
任务描述					
相关资料及资源					
工作成果					
注意事项					

第二步　任务分配

对任务进行分解,并根据任务目标,对学生进行分组及任务分配,如表 2-61 所示。

表 2-61　综合作业任务分配表

任务分解	学生角色分配
订单处理	
入库作业	
出库作业	
实训报告	

第三步 任务说明

根据表 2-61 中"任务分解",具体说明如下。

(1) 根据已有货位图,判断货位编号规律;

(2) 假设初始库存即为入库单货量;

(3) 根据有限的出库订单判断出库规律,作为入库货位选择的依据;

(4) 假设使用 1000mm×1200mm 的托盘;

(5) 订单处理有效时间为 7 月 18 日;

(6) 要求作业正确、安全、快捷、节约。

▲ 实训任务

(1) 填空置的货位号;

(2) 确定入库货物初始货位;

(3) 根据入库单数据,选择组托方式;

(4) 进行订单处理;

(5) 根据订单合成 7 月 18 日的拣选单;

(6) 编写送货单;

(7) 实施作业;

(8) 提交实训报告。

▲ 成果展示

根据综合实训任务,学生展示作业结果,并提交相关单据及实训报告。

▲ 实训评价

学生通过与老师进行交谈,思考哪些由于操作失误造成的缺陷应重新处理,以后如何避免这些问题。

老师对学生的实训结果进行评价,同时将评分结果记录到评价评分表中,如表 2-62 所示。

表 2-62 综合作业实训评价评分表

考核要素	评价标准	分值/分	评分/分		
			自评(20%)	小组(30%)	教师(50%)
综合作业实训	货位编码正确	10			
	订单分析正确	10			
	货位分配正确	15			
	组托方式选择正确	10			

续表

考核要素	评价标准	分值/分	评分/分		
			自评(20%)	小组(30%)	教师(50%)
综合作业实训	单据齐全,填写规范	15			
	整个操作熟练、有序	20			
	实训手册填写规范、全面	20			
评价人签名					
合　计					

评语

教师:
　　　年　月　日

项目三
仓储配送运营控制实训

任务一　库存预测实训

一、物流企业库存预测

▲ 实训目标

通过此任务的学习,让学生能够掌握企业库存预测的工作程序,并根据项目情景的要求,运用德尔菲法、部门主管讨论法等定性预测法对企业的库存情况进行推断和估计。

▲ 情景设置

北京某物流公司是一家从事物流方案设计、仓储配送、产品包装等业务的第三方物流企业。该公司拥有先进的现代化物流配送中心,现有仓储面积 10 万平方米,配备了 9 万个货位,可储存商品 30 万件。该公司引进日本电子标签模式的自动拆零设备和大型自动化分拣系统,可实现每小时 4000～6000 件商品的自动分拣,年分拣量达 400 万件。请利用德尔菲法对公司未来储存商品的库存量进行预测。专家预测信息如表 3-1 所示。

▲ 实训地点

物流实训室

表 3-1　专家预测信息　　　　　　　　　　　　单位：万件

专家	第一次意见			第二次意见			第三次意见		
	最低库存量	中间库存量	最高库存量	最低库存量	中间库存量	最高库存量	最低库存量	中间库存量	最高库存量
1	35	45	60	30	45	55	32	42	57
2	10	50	70	20	55	70	24	54	66
3	25	40	60	25	50	60	27	52	60
4	18	25	30	20	30	40	22	32	40
5	20	30	40	24	32	50	24	30	50
6	16	20	30	25	28	45	26	33	45
7	20	36	50	20	30	40	20	34	42
8	20	30	45	20	32	50	22	33	52

▲ 实训步骤

第一步　发放工作任务书

工作任务书主要包括实训目标、实施过程和工作成果等内容，一般格式如表 3-2 所示。

表 3-2　物流企业库存预测工作任务书

班级		姓名		实训时间	
实训目标					
实施过程	信息： 决策和计划： 实施： 检查和评价：				
工作成果					
注意事项					

第二步 学生分组

根据工作任务书的实训目标,可将学生分成4～5人一组。

第三步 布置实训任务

教师布置实训任务,并向学生说明完成此任务需要的时间等要求。

第四步 交流成果

每个小组汇报小组如何进行分工、实训完成情况以及最终成果等。

▲ 实训评价

本实训通过检测实训完成情况及最终成果质量进行评价,评价标准如表3-3所示。

表3-3 物流企业库存预测实训评价评分表

考核要素	评价标准	分值/分	评分/分		
			自评(20%)	小组(30%)	教师(50%)
确定预测目标	合理确定预测目标				
数据资料收集	有收集资料过程的记录;所收集资料与预测目标相匹配;数据可靠,理由充分				
预测模型选择与验证	选择预测模型与数据变动类型基本一致;模型验证方法的选择、验证理由合理				
确定预测值	预测值的确定科学合理				
评价人签名					
合　计					

评语

教师:
　　年　月　日

二、生产企业库存预测

▲ 实训目标

通过此任务的学习,让学生掌握企业库存预测的工作程序,并能够根据项目情景的要求,运用移动平均法和指数平滑法等定量预测法对企业的库存情况进行推断和估计。

▲ 情景设置

北京某公司是一家以家具生产为主业务,并兼具仓储配送业务的企业。该公司 2009 年的家具仓储量如表 3-4 所示。请利用移动平均法和指数平滑法预测 2010 年 1 月份该公司的家具仓储量。

表 3-4　2009 年北京某公司家具仓储量统计表　　　单位:万件

月份	1	2	3	4	5	6	7	8	9	10	11	12	预测
仓储量	600	590	610	616	600	620	660	680	690	670	680	700	—

▲ 实训地点

物流实训室

▲ 实训步骤

第一步　发放工作任务书

工作任务书主要包括实训目标、实施过程和工作成果等内容,一般格式如表 3-5 所示。

第二步　学生分组

根据工作任务书的实训目标,可将学生分成 4~5 人一组。

第三步　布置实训任务

教师布置实训任务,并向学生说明完成此任务需要的时间等要求。

第四步　交流成果

每个小组汇报小组如何进行分工、实训完成情况以及最终成果等。

表 3-5 生产企业库存预测工作任务书

班级		姓名		实训时间	
实训目标					
实施过程	信息： 决策和计划： 实施： 检查和评价：				
工作成果					
注意事项					

▲ 实训评价

本实训通过检测实训完成情况及最终成果质量进行评价，评价标准如表 3-6 所示。

表 3-6　生产企业库存预测实训评价评分表

考核要素	评价标准	分值/分	评分/分		
			自评(20%)	小组(30%)	教师(50%)
确定预测目标	合理确定预测目标				
数据资料收集	有收集资料过程的记录;所收集资料与预测目标相匹配;数据可靠,理由充分				
预测模型选择与验证	选择预测模型与数据变动类型基本一致;模型验证方法的选择、验证理由合理				
确定预测值	预测值的确定科学合理				
评价人签名					
合　计					

评语

教师:
年　月　日

三、连锁零售企业库存预测

▲ 实训目标

通过此任务的学习,让学生掌握企业库存预测的工作程序,并能根据项目情景的要求,运用回归法、季节分析法等定性预测法对企业的库存情况进行推断和估计。

▲ 情景设置

某地区的快捷超市主营日用品、食品、百货、家居用品及代理品牌商品的零售、批发业务。现有连锁店百余家,商品配送基地 2 万余平方米,并实现物流机械化、管理信息化。该企业商品配送基地的商品数据统计如表 3-7 所示。请利用表 3-7 中的数据预测 2010 年的储存量,并分别预测每个季度的储存量(2010 年的 GDP 估计为 1556 亿元)。

表 3-7　快捷超市的商品储存量

年份	第一季度/万箱	第二季度/万箱	第三季度/万箱	第四季度/万箱	GDP/亿元
2004	2.1	3.2	4.0	3.8	1200
2005	2.8	3.6	4.8	4.1	1229
2006	2.6	3.9	5.3	4.5	1303
2007	3.5	4.1	5.1	5.0	1367
2008	3.8	4.0	5.9	5.8	1409
2009	3.6	4.8	5.3	5.1	1445

▲ 实训地点

物流实训室

▲ 实训步骤

第一步　发放工作任务书

工作任务书主要包括实训目标、实施过程和工作成果等内容,一般格式如表 3-8 所示。

表 3-8　连锁零售企业库存预测工作任务书

班级		姓名		实训时间	
实训目标					
实施过程	信息:				
	决策和计划:				
	实施:				
	检查和评价:				
工作成果					
注意事项					

第二步　学生分组

根据工作任务书的实训目标,可将学生分成 4～5 人一组。

第三步　布置实训任务

教师布置实训任务,并向学生说明完成此任务需要的时间等要求。

第四步　交流成果

每个小组汇报小组如何进行分工、实训完成情况以及最终成果等。

▲ 实训评价

本实训通过检测实训完成情况及最终成果质量进行评价,评价标准如表 3-9 所示。

表 3-9　连锁零售企业库存预测实训评价评分表

考核要素	评价标准	分值/分	评分/分		
			自评(20%)	小组(30%)	教师(50%)
确定预测目标	合理确定预测目标				
数据资料收集	有收集资料过程的记录;所收集资料与预测目标相匹配;数据可靠,理由充分				
预测模型选择与验证	选择预测模型与数据变动类型基本一致;模型验证方法的选择、验证理由合理				
确定预测值	预测值的确定科学合理				
评价人签名					
合　　计					

评语

教师:
年　月　日

▲ 技能拓展训练

【训练一】　分析

(1) 某物流公司车队 2009 年 1～12 月的汽油消耗量如表 3-10 所示。请回答什么是移动平均法和指数平滑法,用这两种方法分别预测该公司2010年1月的汽油消耗量,并比较当 $n=3$、$n=5$ 时哪个结果预测精度更高,当 $\alpha=0.3$、$\alpha=0.6$ 时哪个结果预测精度更高。

表3-10　公司车队汽油消耗量　　　　　　　　单位:万升

月份	1	2	3	4	5	6	7	8	9	10	11	12
消耗量	120	132	142	138	146	152	147	155	143	156	149	150

(2)某物流公司组织业务部、计划部和财务部三个部门的经理对该公司下一年度仓储业务营业额进行预测,得到预测结果及相应的概率如表3-11所示,业务部、计划部和财务部三个部门经理的预测意见权数分别为 0.4、0.3、0.3。请问这种预测法的名称是什么?此预测法的含义和优缺点分别是什么?运用此方法计算该公司下一年度仓储业务营业额的预测值。

表3-11　公司仓储业务营业额预测值及相应概率

部门经理	估　计　值					
	最高额/万元	概率/%	中等额/万元	概率/%	最低额/万元	概率/%
业务部	6000	0.2	5500	0.6	5000	0.2
计划部	5800	0.3	5400	0.5	3900	0.2
财务部	6200	0.1	5800	0.5	5000	0.4

(3)随着人民生活水平的提高,某地区液晶电视的销售量呈现上升的趋势。该地区会相应加大液晶电视的库存量,以保证正常的市场供需。如果 2010 年 GDP 的增长速度为8%,请根据 GDP 和液晶电视库存量的关系建立模型,预测 2010 年液晶电视的总库存量。根据液晶电视库存的季节变化规律,运用季节指数和季节变化差,预测 2010 年各季度该地区的液晶电视库存量。该地区液晶电视库存量如表3-12所示。

表3-12　某地区液晶电视库存量

年份	第一季度/万台	第二季度/万台	第三季度/万台	第四季度/万台	GDP/亿元
2004	2.1	3.2	4.0	3.8	1200
2005	2.8	3.6	4.8	4.1	1230
2006	2.6	3.9	5.3	4.5	1300
2007	3.5	4.1	5.1	5.0	1350
2008	3.8	4.0	5.9	5.8	1420
2009	3.6	4.8	5.5	6.0	1500

【训练二】 思考

实训案例一

DELL——直销模式实现零库存目标

1. 引言

库存是指企业所有资源的储备。在传统的定义中,认为制造性库存是指对公司产品有贡献或组成产品一部分的物流环节。库存一般可分为:原材料、产成品、备件、低值易耗品以及在制品。而在服务行业,库存一般指用于销售的有形商品以及用于管理的低值易耗品。许多企业为了有效地管理库存,降低成本,改变客户服务,纷纷建立了基于自己产品特色的库存系统。

所谓库存系统,是指用来控制库存水平,决定补充时间以及订购量大小的一整套制度和控制手段。企业要想在国际竞争中取胜,必须建立高效的供应链管理体系,在 TQCSF 上有最佳的表现(T 指时间,Q 指质量,C 指成本,S 指服务,F 指柔性)。而供应链管理环境下的库存控制问题是供应链管理的重要内容。企业要平衡"降低订购成本、短缺成本等"与"存储成本、仓库管理费用等"之间的矛盾,就必须建立有效的库存管理体系,使企业生产及时反映市场的需求,逐渐向零库存的目标迈进。

2. DELL 公司案例综述

与传统的企业相比,供应链管理环境下的企业组织与管理模式发生了很大的变化,因此其对库存管理的要求也产生了许多新的特点和要求。企业通过建立库存控制,来提高供应链的系统性和集成性,增强企业的敏捷性和响应性。

DELL 公司的飞速发展是美国高技术企业经营管理的一个奇迹,被行家视为推动美国个人计算机业发展的一种动力。DELL 公司经营的特色就是速度:制造快、销售快、赢利快,即"速度决定一切"。下面分析一下该公司是怎样在库存管理方面实现制造目标的。

① 快速发展的核心因素——直销计算机

DELL 公司的竞争优势主要来自于其独特的经营方式——直销计算机,即顾客通过电话、邮信以及互联网直接向公司订购计算机,而不需经过分销商或代理商的中间渠道。这有利于公司最大限度地减少成品库存。

直销是在公司接到顾客订单后再将计算机部件组装成整机,而不是根据对市场的预测制订生产计划,先批量制成成品,再将产品存放在仓库里,等待分销商和顾客的订货。如果每年的库存维持费用是产品价值的 30%,价值 1000 万元的产品库存每年的维持费用将是 300 万元。而且,按订单生产的产品无须储存在供应链的各个仓库里,从而将供应链库存降至最低。同样,按订单生产系统及时从供应商处获得零部件,也消除了供应链中的零部件库存。

不论是谁"支付"了库存的开支,顾客最终都将承担更高的价格。消除供应链中过剩的库存成本,也给顾客带来了利益。并且,由于微处理器等重要部件性能不断升级,价格不断下降,新型计算机开发周期不断缩短,技术更新很快,售价反而下跌,因此产品库存更易造成损失。

对于计算机产业,时间就是金钱。按常规,计算机削价后,公司有责任对代理商库存产品进行差价补偿,代理商退货时,公司按原价支付。对于公司尚未销售的库存产品,理应自己"背包袱"。上述特点使得库存对计算机厂商的压力非常大,但对现做现卖的直销公司来说,就避免了这种压力。

针对高科技企业产品贬值快的特点,公司做到最大限度地降低制造成本,及时利用新技术。因为 DELL 公司只是在接到一批订货时才要求供应商及时提供计算机部件,使部件的库存可以降到最低水平。上面已提到计算机部件价格不断下调,更新换代快,如果仓库里没有因使用过时技术而必须先卖掉的产品,就能加快使用新技术的步伐。DELL 公司总结按订单生产方式进行制造带来的利益时,谈道:只是因为 DELL 公司没有需耗时100 多天才能处理完的库存,所以 DELL 公司可能是第一个转而使用新的奔腾处理器的厂家。

②　直销模式的配套工程——快速制造

为了充分实现直销的竞争优势,DELL 公司特别强调快速制造这一关键环节,并能够把快速制造与直销很好地结合起来。DELL 公司一直是 JIT(准时生产方式)制造的典范,为了做到这点,它坚持让计算机部件供应商把大部分部件存放在离其工厂最近的仓库内。为简化和部件供应商的协调手续,尽量减少供应商的数量,专门挑选那些能够满足其部件储存计划要求的合作者。对于电路板等高成本部件,DELL 公司以前只找一家供应商,以便在大批量采购的条件下实现更大折扣。为了压缩制造时间,它改由离工厂较近地区的供应商提供,优惠条件下的损失由部件供应时间缩短带来的利益来得以补偿。

从 DELL 公司的案例中可以发现,在 DELL 公司计算机生产的供应链上,链条的长度被予以缩短,节点企业只有:供应商、制造商(核心企业)和顾客。这种模式可以克服在供应链管理环境下的库存问题。传统意义上,供应链的上游企业总是将下游企业的需求信息作为自己需求预测的依据,并据此安排生产计划或供应计划,这一需求信息的产生过程是导致"牛鞭效应"发生的主要原因,最终使最源头的供应商获得的需求信息和实际消费市场中的顾客需求信息发生了很大的偏差,其需求变异系数比分销商和零售商的需求变异系数大得多。而 DELL 公司的直销模式避免了分销商和零售商放大需求信息的风险,只需要在供应商与制造商之间建立高效的信息移送系统,形成良好的合作伙伴关系与协作关系,达到相互之间信息透明化,就实现了 JIT 敏捷制造。

资料来源:http://www.china-b.com

思考:
库存预测在企业实现零库存管理中的作用。

实训案例二

Mercer 公司帮助 Team Hanes 公司设计了一个业务系统,使其在发展中获得供应方管理的利益。该业务系统根据消费需求预测,以一体化的方式管理整个供应链,弥补了传统方式的不足,能够进行单品一级的消费需求预测,以系统化思想整合供应链中的所有活动。

利用消费需求预测,可每周检查服装零售式样,以调整各种式样的库存水平,满足当前的需求,而不是保持好几周销量的库存。

结合商店 POS 数据和对库存式样的调整,确定每周向各零售店铺的发货。这些补充供货在 Team Hanes 公司的配送中心拣选后,直接运抵商店。这种方式降低了中间环节库存维持水平,缩短了订货周期。在配送中心内,销量大的品类从自动化高的物料处理技术中受益,从而进一步降低了成本,提高了反应速度。

根据消费需求预测和对不确定性的分析,在 Team Hanes 公司的配送中心内,每个品类的库存每周都要再次评定。消费需求趋势方面的变化在相应的时期被自动整合到库存计划中,更好地预防了潜在缺货的发生。采取这种方式,改变了传统的"库存以数周计算"的习惯,库存要不断与每周的消费需求预测比较,而不是用过去的平均消耗率。根据消费需求预测库存,每个品类的生产计划每周均要进行检查,任一品类库存低于消费需求预测时,将安排生产计划。这种方式以一种对需求的前瞻性眼光制订生产计划,能充分满足消费需求,并在问题发生之前就采取措施。每个品类的生产规模得到优化,以平衡根据每个品类的具体销售特征计算出的经济订货批量和预测消费需求。由此大量生产可以保证,而且,成品库存量总是和下几周的预期销量相联系。在日复一日的供应链运营中,所有决策能够依据消费需求预测制定。Team Hanes 公司的计算机系统可以为供应链中的每项活动推荐最佳方案。

资料来源:http://tech.sina.com.cn/it/m/68227.shtml

思考:

1. 消费需求预测帮助 Team Hanes 公司解决了什么问题?

2. 在该企业的供应链运营的所有决策中什么在起作用?

【训练三】 综合实训

以小组为单位调研收集有关物流企业的库存数据,分别应用定性分析法和定量分析法进行预测,并提交分析报告。

(1)训练目的

掌握库存预测定性分析和定量分析的方法。

(2)训练要求

能够运用网络查询物流企业的相关资料;能够熟练找到适合的预测方法。

(3)训练环境

模拟实训室

(4)训练内容与步骤

① 搜集相关的资料和数据;

② 选择合适的预测方法;

③ 分析资料并处理数据。

(5)训练评价

本训练的考核评价如表 3-13 所示。

表 3-13 物流企业库存预测能力评价评分表

考评内容	库 存 预 测		
考评地点			
考评人		被考评人	
考评标准	考评内容	分值/分	得分/分
	利用网络查询资料的能力	20	
	根据资料选择预测方法的能力	20	
	定性预测法的运用能力	30	
	定量预测法的运用能力	30	
	合计	100	

注：考核满分为100分。60分以下为不及格;60～70分为及格;71～80分为中;81～90分为良好;91分以上为优秀。

任务二 库存控制实训

一、从供应链的角度分析库存的利与弊

实训一 供应链上各企业间的库存模型设计

▲ **实训目标**

1. 熟悉供应链上各企业之间的关系;
2. 掌握企业对库存设置的要求;
3. 理解仓储的分类方法;
4. 理解企业设置仓库的必要性。

▲ **情景设置**

青岛啤酒厂近年来市场销路越来越好,现在已经和5家公司签订了区域代理业务,它们分别是:东北食品批发公司(沈阳)、陕西兴旺公司(西安)、广东天河公司(广州)、河北顺利食品批发公司(石家庄)、华东百发公司(杭州)。青岛啤酒厂的主要零售商分布于以下主要城市和地区:哈尔滨、大连、长春、乌鲁木齐、宝鸡、拉萨、苏州、无锡、上海、深圳、南宁、昆明、天津、北京。

▲ **实训地点**

物流实训室

▲ 实训步骤

第一步　绘制以青岛啤酒厂为核心企业的供应链的模型图

第二步　用▲标示出所有需要设置的仓库

第三步　用文字描述该仓库的属性（如原材料库、成品库等）

第四步　完成企业库存的利弊分析，完成表 3-14 的填写

表 3-14　企业库存利弊分析表

企业库存的"利"	企业库存的"弊"

▲ 实训成果与评价

教师根据表 3-15 考核标准检查,评价学生完成的成果和工作过程。

表 3-15 供应链库存模型设计实训评价评分表

考核要素	评价标准	分值/分	评分/分		
			自评(20%)	小组(30%)	教师(50%)
供应链库存模型设计	供应链模型设计准确	20			
	仓库标示准确	20			
	仓库分类合理	20			
	仓库利弊分析得当	20			
	实训手册填写规范	20			
评价人签名					
合　计					
评语					

教师:

年　月　日

实训二　提升供应链管理,实现库存管理目标

▲ 实训目标

1. 了解供应链上各企业之间的订货与供货关系;
2. 掌握库存成本与缺货成本的核算;
3. 理解库存成本与缺货成本之间的关系;
4. 做出正确的订货决策。

▲ 情景设置

"情人啤酒"是一种市场销售量比较平稳的商品,由啤酒瓶厂——情人啤酒制造商——代理商——零售商形成一条供应链(假设代理商和零售商均为 1 个),并且在夏季每周的销售量一直为 4 箱,安全库存为 2 箱。

▲ 实训地点

物流实训室

▲ 实训步骤

第一步　每小组分配4个角色，并完成一条供应链的任务

第二步　结合下列步骤完成表格的填写（均以箱为单位）

（1）收货：从上游接收啤酒并放到自己的库存中。

（2）记录库存：期初库存＝上周结余库存＋本周收货。

（3）售出：本周售出＝本周订单量。

（4）记录期末库存：期末库存＝期初库存量＋收货量－本周售出量。

（5）下订单：记录自己发出的订单。

（6）计算每周库存成本、缺货成本、成本小计、总成本、供应链总成本。

备注：（1）瓶厂和酒厂的交货周期是3周；代理商和零售商的交货周期是2周。

（2）缺货成本为20元/箱（＝缺货量×20），库存成本为10元/箱（＝期末库存量×10）。

第三步　总结规律（填写表3-16）

表3-16　总结分析表

名称 周	收货/箱	期初库存量/箱	售出量/箱	期末库存量/箱	订货/箱	库存成本/元	缺货成本/元	成本小计/元
1	4	6	4	2	4	20	0	20
2	4	6						
3								
4								
5								
6								
7								
8								
9								

▲ 实训成果与评价

教师根据表3-17所列的考核标准检查，评价学生完成的成果和工作过程。

表 3-17 供应链管理及库存管理实训评价表

考核内容	评价标准	分值/分	评分/分		
			自评(20%)	小组(30%)	教师(50%)
供应链管理及库存管理	供应链中上下游企业的关系	25			
	每周期库存量的核算	25			
	订货的准确率	25			
	成本的核算	25			
评价人签名					
合　计					
评语					

教师:
年　月　日

二、库存物资的 ABC 分析与控制

▲ 实训目标

1. 熟悉企业库存合理化的相关标准;
2. 掌握库存控制的方法:定量订货法和定期订货法;
3. 学会 ABC 库存分类法。

▲ 情景设置

胜利超市是一家中等规模的食品与日用品超市,方便面是其主要经营的商品,现在共销售 8 种品牌的方便面,各种方便面的年销售额与品种数如表 3-18 所示,请对其进行 ABC 库存分类,并提交库存管理方案。

表 3-18 各种方便面的年销售额和品种数

品牌编号	品牌 1	品牌 2	品牌 3	品牌 4	品牌 5	品牌 6	品牌 7	品牌 8
销售额	15	61	8	3	8	2	3	2
品种数	2	2	4	6	4	10	10	12

▲ 实训地点

物流实训室

▲ 实训步骤

第一步 统计核算 8 种品牌方便面的年销售额,并按销售额的多少,从大到小排列

第二步 处理数据:将收集来的数据资料进行汇总、整理,计算出所需的数据

第三步 绘制 ABC 库存分类管理表

第四步 分类

胜利超市销售 8 种方便面,根据以上方法列表计算,并填表 3-19 中。

表 3-19 胜利超市分类表

品目名	销售额/元	累计销售额/元	销售额所占比例/%	品种/种	累计品种/种	品牌所占比例/%	分类

第五步 绘制 ABC 库存分类管理图

第六步 确定重点管理的要求,对 8 种品牌的方便面制定不同的管理策略

▲ 成果展示

学生小组通过对库存商品的调查与数据分析,最终做出库存管理方案,每份方案都需要清晰地按照六个步骤完成。此外报告里要体现出每人负责的内容。

▲ 实训评价

掌握库存管理原理,小组成员分工协作,能够准确运用 ABC 库存管理方法对商品进

行分类管理。评价的标准如表 3-20 所示。

表 3-20 库存物资的 ABC 分析与控制实训评价评分表

考核内容	评价标准	分值/分	评分/分		
			自评(20%)	小组(30%)	教师(50%)
ABC 库存分类法	数据处理合理	20			
	分类标准	20			
	目的明确	10			
	绘制分类图	20			
	库存管理方案	30			
	评价人签名				
	合 计				
评语					

教师:
年 月 日

三、综合运用库存控制的方法

实训一 库存控制中库存费用、订货费用、缺货费用的权衡

▲ 实训目标

1. 掌握企业库存中主要涉及的成本;
2. 掌握库存费用、订货费用、缺货费用的核算;
3. 学会在三种费用的权衡下控制库存量。

▲ 情景设置

"点点利"是一家中型超市,四五月份受到天气影响(天气变化异常),矿泉水的销量不平稳,直接影响到库存费用、订货费用、缺货费用,进而影响到企业的利润。

▲ 实训地点

物流实训室

▲ 实训步骤

第一步　随机确定市场销售量

第二步　结合下列步骤完成表 3-21 的填写（均以箱为单位）

表 3-21　总结分析表

周＼名称	收货/箱	期初库存量/箱	售出量/箱	期末库存量/箱	订货/箱	库存成本/元	订货成本/元	缺货成本/元	成本小计/元
1		20							
2									
3									
4									
5									
6									
7									
8									
9									
10									
合计	—	—		—	—				

（1）收货。

（2）记录库存：期初库存＝上周结余库存＋本周收货。

（3）售出：本周售出＝本周销售量。

（4）记录期末库存：期末库存＝期初库存量＋收货量－本周售出量。

（5）订货。

（6）计算每周库存成本、缺货成本、订货成本、成本小计和总成本。

备注：（1）订货周期是 2 周；

（2）缺货成本为 20 元/箱（＝缺货量×20），库存成本为 10 元/箱（＝期末库存量× 10），订货成本（一次订货费用）为 200 元。

第三步　总结规律

▲ 实训成果与评价

教师根据表 3-22 所列的考核标准检查,评价学生完成的成果和工作过程。

表 3-22　综合运用库存控制方法的实训评价评分表

考核内容	评价标准	分值/分	评分/分		
			自评(20%)	小组(30%)	教师(50%)
库存控制中库存费用、订货费用、缺货费用的权衡	每周期库存量的核算	20			
	订货决策的准确率	20			
	三项成本的核算	20			
	库存总成本的控制	20			
	实训手册填写规范	20			
	评价人签名				
	合　计				

评语

教师:
年　月　日

实训二　库存控制综合训练

▲ 实训目标

1. 熟悉企业库存合理化的相关标准;

2. ABC 库存分类法的应用;

3. 掌握库存控制的方法:定量订货法和定期订货法。

▲ 情景设置

东风公司是一家汽车分销商,主要从事批发业务,向方圆 300 公里以内的 8 个零售点提供货源。公司主要经销工程专用汽车,共 5 种车型,每种车型的价格及去年销售实绩如表 3-23 所示。

表 3-23　销售实绩资料

车型		甲	乙	丙	丁	戊
单价/万元		18	22	32	45	50
去年销售实绩/辆	1 月	0	4	3	2	0
	2 月	3	9	10	4	2
	3 月	5	16	24	18	4
	4 月	5	29	45	25	3
	5 月	3	29	72	42	4
	6 月	4	30	36	21	2
	7 月	3	16	25	12	1
	8 月	2	10	18	8	2
	9 月	2	12	19	10	1
	10 月	2	6	42	9	2
	11 月	4	14	17	11	4
	12 月	3	29	0	16	3

公司每次采购订货是通过电子数据交换渠道进行的,每次订货费用包括通信费、手续费等 1600 元,订货周期(从订货到收货)约 30 天,向零售点发货,从收到订单至到达零售点处只需要 4 天,每种汽车的进货成本是售价的 70%,每辆车月库存费用大约是进货成本的 0.5%。公司对今年专用汽车市场的前景看好,根据销售部门预测,今年的销量有可能比去年增加 20%,公司不想失去销售良机。

▲ 实训地点

物流实训室

▲ 实训步骤

第一步　根据去年的销售额对东风公司的 5 种汽车进行 ABC 分类,填写表 3-24

表 3-24 东风公司 ABC 分类表

品目名	销售额/元	累计销售额/元	销售额所占比例/%	品种/种	累计品种/种	品种所占比例/%	分类

第二步 对 A 类车型运用定期订货法进行库存控制

第三步 对 B、C 类车型运用定量订货法进行库存控制

1. 订货点的核算

2. 经济订货批量的核算

▲ 实训成果与评价

教师根据表 3-25 所列的考核标准检查,评价学生完成的成果和工作过程。

表 3-25 库存控制的综合实训评价评分表

考核内容	评价标准	分值/分	评分/分		
			自评(20%)	小组(30%)	教师(50%)
库存控制综合训练	ABC 库存分类法	20			
	订货点的核算	20			
	经济订货批量的核算	20			

续表

考核内容	评价标准	分值/分	评分/分		
			自评(20%)	小组(30%)	教师(50%)
库存控制综合训练	订货间隔期的核算	20			
	实训手册填写规范	20			
评价人签名					
合　计					

评语

教师：
年　月　日

▲ 技能拓展训练

【训练一】 分析

(1) 某汽车制造企业,根据计划每年需采购 A 零件 50 000 个。A 零件的单价为 40 元,每次订购成本为 100 元,每个零件每年的仓储保管成本为 10 元。求 A 零件的经济批量,每年的总库存成本、每年的订货次数及订货间隔周期。

(2) 企业每年需要甲种商品 12 000kg,该商品的单位价格为 20 元,平均每次订购的费用为 300 元,年保管费率为 25%,求经济订购批量及年总库存成本。

(3) 某商品在过去 3 个月中的实际需求量分别为：1 月份 126 箱,2 月份 110 箱,3 月份 127 箱,求该商品的需求变动值。

(4) 某公司 A 种商品年需求量为 5000kg,一次订购成本为 100 元,A 商品的单位价格为 25 元,年单位商品的保管费率为单价的 20%,每天进货量 h 为 100kg,每天耗用量 m 为 20kg,要求计算在商品分批连续进货条件下的经济批量 Q^*、每年的库存总成本 TC^*、每年订货的次数 n 和订货间隔期 T。

(5) 某保管员保管着 10 种产品,由于业务不熟,顾此失彼,详情见表 3-26。

表 3-26　库存品种价值表　　　　　　　　　　单位：元

	1	2	3	4	5	6	7	8	9	10
价格	0.15	0.05	0.10	0.22	0.08	0.16	0.03	0.12	0.18	0.05
价值	2600	6500	2200	75 000	110 000	175 000	8500	2500	4200	2000

试用 ABC 管理法划分,保管员应重点管理哪些商品？

(6) 一个周期内每种物品的吞吐量统计如表 3-27 所示,请应用 ABC 管理法进行分类。

表 3-27 商品周期吞吐量

商品序号	商品名称	周期吞吐量/(吨/年)	商品序号	商品名称	周期吞吐量/(吨/年)
1	康师傅苏打夹心饼干	610	9	金鱼洗洁精	306
2	康师傅酸菜方便面	3000	10	洗碗布	120
3	洽洽瓜子	2281	11	护手霜	501
4	康师傅矿物质水	415	12	飘柔精华素	93
5	话梅	2505	13	可乐	150
6	农夫山泉矿泉水	111	14	美的电风扇	57
7	海飞丝洗发水	102	15	九阳料理机	61
8	力士浴液	253			

【训练二】 思考

实训案例一

上海合众开利空调设备有限公司是由美国开利公司与上海机电控股集团通机公司双方集资的合资企业,成立于 1987 年 2 月。公司引进美国开利公司具有世界领先水平的中央空调技术,主要产品有活塞式冷水机组、离心式冷水机组、热泵机组、半封闭压缩机,以及风冷式冷水机组,产品分布全国各省市并出口境外。公司多次被全国外商投资协会评为全国人均高利税十大企业之一。

开利公司的产品特点是:系列化强,标准化强。全公司有 3000 多个零部件,属于"按订单与计划生产"的企业。根据公司的特点,决定用 MRP II/ERP 系统管理,共安装了15 个模块:应付账、应收账、成本会计、总账票据、多币制、预测、客户订单处理、采购、物料需求计划、库存、能力计划、制造数据管理、JE/重复制造、主生产计划、车间作业控制。

系统管理实施步骤及目标:

第一阶段完成财务模块的切换应用,即总账、应付账、应收账、多币制等的应用。

第二阶段完成库存与采购模块的切换应用,即库存、采购、客户订单处理等的应用。

第三阶段完成库存模块与财务模块的连接,并对所有材料用标准价格计价,实施完成成本、制造数据管理、主生产计划、物料需求计划、车间作业控制等的应用。

库存与采购是 MRP II 系统管理实施过程的基础,因此他们首先挑选业务熟练、工作认真负责的员工作为关键用户,并进行系统培训。因为一个系统的集成性越高,对操作人员的要求也就越严,每个人的工作质量都会影响整个系统,所以还得有一套完整而严密的操作规程,使每种业务都有标准的操作步骤可依,不会因人而异,这样才能保证数据的一致性。从 1995 年 8 月开始,采购合同全部进入系统。材料到货后开出入库单,仓库根据入库单入库。所有的出入库、月底结算、月报表等全部由系统来完成,取消了人工账。

系统管理实施后,实现了库存与采购数据的共享,有利于了解采购订单的情况,便于及时掌握零件入库的时间,提前做好入库准备;计划、采购人员也能随时了解库存情况,便于制订采购计划,调整采购订单。同时,仓库月底结算加快了。原来月末结账需要3天,而且常常出错,要反复与财务对账,而现在只要1小时就可把报表打印完毕。

前两个阶段,财务与库存、采购模块之间都是独立实施的,它们之间的连接是通过人工凭证来完成的。将财务与库存、采购模块相连接后,库存的每一笔物品,均自动生成财务凭证入账,避免了二次输入及错误。库存与财务模块相连后,库存金额一目了然,便于资金的控制。仓库发料也已全部使用MRPⅡ/ERP系统,月末结算材料成本很方便、准确,而且可以进行分析、比较,加强了管理与控制。

思考:

1. 你认为该公司实施MRPⅡ/ERP时,划分为这三个阶段是否合理?为什么?

2. 有必要写出系统中每一种业务的操作规程吗?

3. 为什么要选择关键用户并进行培训?

实训案例二

情景设置:苹果电脑公司的库存商品共有显示器、主板等9种,现在公司要对库存计算机配件进行分类管理,库存资料如表3-28所示。

表3-28　苹果电脑公司库存

品名	单价/元	数量/件	资金占用额/元	品名	单价/元	数量/件	资金占用额/元
显示器	2333	15	35 000	机箱	400	20	8000
CPU	1667	15	25 000	网卡	175	40	7000
主板	1222	18	22 000	键盘	45	110	5000
DVD	933	15	14 000	鼠标	20	150	3000
内存条	240	50	12 000				

操作要求:

1. 管理员根据计算机配件的单价与数量已经核算出资金占用额,并从大到小将其排列。

2. 为其进行ABC分类,并提出管理措施。

【训练三】　综合技能

1. 训练目标

掌握库存的ABC分类控制法、经济订购批量法、定量订货法和定期订货法;熟悉仓库的参数设置。

2. 训练要求

掌握常用的库存控制方法;熟悉仓库的参数设置。

3. 训练环境

(1) 物流企业仓库,工商企业仓库或学院模拟实训室。

(2) 给定需控制的在库物资数据。

4. 训练内容和步骤

（1）ABC 分类控制法

① 搜集需控制物资的数据。

② 计算、处理数据。

③ 编制 ABC 分析表。

④ 根据 ABC 分析表确定分类。

⑤ 绘制 ABC 分析图。

⑥ 确定各类物资控制办法。

（2）定量订货法

① 计算确定订货点。

② 计算确定订货批量（以经济订货批量作为订货批量）。

（3）定期订货法

① 确定订货周期（可用经济订货周期作为定期订货法的订货周期）。

② 确定最高库存量。

③ 确定订货量。

5. 考核评价

本训练的考核评价如表 3-29 所示。

表 3-29　库存控制综合能力评价表

考评内容	库存管理		
考评地点			
考评人		被考评人	
考评标准	考评内容	分值	得　　分
	ABC 分类控制法	25	
	定量订货法	20	
	定期订货法	20	
	仓库的总体设置	35	
	合　计	100	

　　注：考核满分为 100 分。60 分以下为不及格；60～70 分为及格；71～80 分为中；81～90 分为良好；91 分以上为优秀。

任务三　车辆配载实训

▲ 实训目标

1. 领会车辆配载的原理；

2. 熟悉车辆配载的计算方法。

▲ 情景设置

有甲、乙两种货物,甲货物每件重 10kg,体积为 0.02m³,乙货物每件重 2kg,体积为 0.005m³,汽车的载重量为 4t,有效容积为 5.4m³,求最优的配装方案。

▲ 实训地点

物流实训室

▲ 实训步骤

第一步 列出方程

根据题意,设每辆车装 x 件甲货物,y 件乙货物,所以方程可列为

$$\begin{cases} 10x + 2y = 4000 \\ 0.02x + 0.005y = 5.4 \end{cases}$$

第二步 求解最优方案

令 $1080 - y = 4x \geqslant 0$,得出 $y \leqslant 1080$;令 $1080 - 4x = y \geqslant 0$,得出 $x \leqslant 270$,即 $0 \leqslant x \leqslant 270$,$0 \leqslant y \leqslant 1080$。可知直线 $4x + y = 1080$ 上满足 $0 \leqslant x \leqslant 270$ 且 $0 \leqslant y \leqslant 1080$ 的点,并且尽量离直线 $5x + y = 2000$ 最近的点的坐标,即为最优方案。

▲ 实训成果与评价

教师根据表 3-30 所列的考核标准检查,评价学生完成的成果和工作过程。

表 3-30 车辆配载实训评价评分表

考核内容	评价标准	分值/分	评分/分		
			自评(20%)	小组(30%)	教师(50%)
车辆配载综合训练	列出方程式	25			
	求解最优方案	25			
	运输方式的选择	25			
	实训手册填写规范	25			
	评价人签名				
合　计					
评语					

教师:

年　月　日

▲ 技能拓展训练

【训练一】　分析

北京德利得物流有限公司决定用一辆5t的卡车运送5种不同的商品给同一个客户，这5种商品分别是彩电、冰箱、洗衣机、空调和微波炉，其重量分别是1t、3t、2t、2t、1t，其对应的单位价值量是6、4、3、2、1。如何配装，才能充分利用货车的运载能力，达到装载价值最大化？

【训练二】　思考

物流配送——沃尔玛成功的利器

沃尔玛公司作为世界上最大的商业零售企业，1999年全球销售总额达到1650亿美元，在世界500强中排名第二，仅次于美国通用汽车公司。2000年销售总额达1913亿美元，超过了通用汽车公司。

一家属于传统产业的零售企业，如何能在销售收入上超过"制造之王"的汽车工业，超过世界所有的银行、保险公司等金融机构，超过引领"新经济"的信息企业，已成为各方关注的焦点。

1. 配送设施是成功关键

沃尔玛前任总裁大卫·格拉斯这样总结："配送设施是沃尔玛成功的关键之一，如果说我们有什么比别人干得好，那就是配送中心。"

沃尔玛公司1962年建立第一个连锁商店。随着连锁店铺数量的增加和销售额的增长，物流配送逐渐成为企业发展的"瓶颈"。于是，1970年沃尔玛在公司总部所在地建立起第一个配送中心，集中处理公司所售商品的40%。随着公司的不断发展壮大，配送中心的数量也不断增加。到现在该公司已建立62个配送中心，为全球4000多个客户提供配送服务。整个公司销售商品的85%由这些配送中心供应，而其竞争对手只有约50%～65%的商品集中配送。

沃尔玛公司配送中心的基本流程是：供应商将商品送到配送中心后，经过核对采购计划、进行商品检验等程序，分别送到货架的不同位置存放。商店提出货物的需求计划后，计算机系统将所需商品的存放位置查出，并打印有商店代号的标签。整包装的商品直接由货架上取出并送往传送带，零散的商品由工作人员取出后也送到传送带上。一般情况下，商店要货的当天就可以将商品送出。

沃尔玛公司共有6种形式的配送中心：第一种是"干货"配送中心，主要用于生鲜食品以外的日用商品进货、分装、储存和配送，目前该公司这种形式的配送中心数量很多。第二种是食品配送中心，包括不易变质的饮料等食品，以及易变质的生鲜食品等，需要有专门的冷藏仓储和运输设施，直接送货到店。第三种是山姆会员店配送中心，这种业态批零结合，有1/3的会员是小零售商，配送商品的内容和方式同其他业态不同，使用独立的配送中心。由于这种商店1983年才开始建立，数量不多，有些商店使用第三方配送中心的服务。考虑到第三方配送中心的服务费用较高，沃尔玛公司已决定在合同期满后，用自行建立的山姆会员店配送中心取代。第四种是服装配送中心,不直接送货到店,而是分送到其他配送中心。第五种是进口商品配送中心,为整个公司服务,主要作用是大量进口以降低进价,再根据要货情况送往其他配送中心。第六种是退货配送中心,接收店铺因各种原因退回的商品,其中一部分退回供应商,一部分送往折扣商店,一部分就地处理,其收益主要来自出售包装箱的收入和供应商支付的手续费。

如今,沃尔玛公司在美国拥有100%的物流系统,配送中心已是其中一小部分,其完整的物流系统不仅包括配送中心,还有更为复杂的资料输入采购系统、自动补货系统等。

2. 高新技术助力发展

为了满足美国国内3000多个连锁店的配送需要,沃尔玛公司在美国拥有近3万个大型集装箱挂车,5500辆大型货运卡车,24小时昼夜不停地工作。每年的运输总量达到77.5亿箱,总行程6.5亿千米。合理调度如此大规模的商品采购、库存、物流和销售管理,离不开高科技的手段。为此,沃尔玛公司建立了专门的计算机管理系统、卫星定位系统和电视调度及监控系统,拥有世界一流的先进技术。

沃尔玛公司总部只是一座普通的平房,但与其相连的计算机控制中心却是一座外貌同体育馆的庞然大物,公司的计算机系统规模在美国仅次于五角大楼(美国国防部),甚至超过了美国联邦航天局。全球4000多个店铺的销售、订货、库存情况可以随时调出查询。公司同休斯公司合作,发射了专用卫星,用于全球店铺的信息传送与运输车辆的定位及联络。公司的5500辆运输卡车全部装备了卫星定位系统,每辆车在什么位置,装载什么货物,目的地是什么地方,总部一目了然。这样可以合理安排运量和路程,最大限度地发挥运输潜力,避免浪费,降低成本,提高效率。

思考:

1. 什么是沃尔玛公司成功的关键之一?

2. 鸡蛋的配送属哪种配送中心?

3. 总部用什么方式监控在途车辆?

【训练三】 综合技能

1. 训练目标

根据不同客户对不同物品的需求,设计出合理的配载方案,使得现有车辆能够最大限度地达到其限定的载重量,同时又能充分利用其有效容量,能够灵活地使用各种运输方式。

2. 训练要求

掌握车辆的积载技术、货物的装载技术和运输方式的选择。

3. 训练环境

物流配送中心或者学院模拟实训室。

4. 训练内容和步骤

(1) 手工计算配载法

① 收集相关数据;

② 列方程式求解。

（2）安排装载顺序

① 分析所要运送的货物的特性；

② 计算货物的重量以及体积；

③ 分析送货的先后顺序；

④ 安排货物装车的先后顺序。

5．训练评价

本训练的考核评价如表 3-31 所示。

表 3-31　车辆配载实训能力评价评分表

考评内容	车辆配载库存管理		
考评地点			
考评人		被考评人	
考评标准	考评内容	分值/分	得分/分
	表上作业法	25	
	手工计算配载法	25	
	运输车辆的选择	30	
	拼车技术的应用	20	
	合计	100	

注：考核满分为 100 分。60 分以下为不及格；60～70 分为及格；71～80 分为中；81～90 分为良好；91 分以上为优秀。

项目四
仓储配送中心布局管理实训

任务一　仓储与配送中心布局调研

▲ 实训目标

    1. 熟悉仓储企业的布局；

    2. 熟悉仓储型配送中心的布局；

    3. 熟悉其他形式配送中心的布局。

▲ 情景设置

    A 公司在本地区下设一家仓储型配送中心，可以为客户提供仓储、配送、运输、流通加工等综合物流服务。通过参观的形式，了解该配送中心的整体布局。

    B 公司是本地区一家仓储型企业，下设多个仓库，可以为客户提供储存业务，通过参观的形式，了解仓库的整体布局。

▲ 实训地点

    仓储配送中心、仓库

▲ 实训步骤

第一步　发放工作任务书

工作任务书主要包括实训目标、实施过程和工作成果等内容，一般格式如表 4-1 所示。

表 4-1　仓储与配送中心布局调研工作任务书

班级		姓名		实训时间	
实训目标					
实施过程	信息： 决策和计划： 实施： 检查和评价：				
工作成果					
注意事项					

第二步　学生分组

对任务进行分解，并根据任务目标，进行学生分组。每组约 5 人，每人分别负责不同的内容，本任务分配记录如表 4-2 所示。

表 4-2　仓储与配送中心布局调研任务分配表

任　务	学生角色分配
物流企业调研	作业组共＿＿＿＿人,其中: 现场记录＿＿＿＿人: 资料整理＿＿＿＿人: 调研结果分析＿＿＿＿人: 调研报告撰写＿＿＿＿人: 其他:

第三步　布置实训任务

实训任务为调研仓储配送企业布局,并提交调研报告。

第四步　任务说明

(1) 确定参观的物流企业后,首先在网络上、报纸、杂志上搜集该企业的相关资料,了解企业的发展历程和在整个行业的地位,以及自身的核心能力、服务的主要客户等。

(2) 根据该物流企业配送中心的类型,模拟画出其整体布局初稿图。

(3) 记录企业布局。

(4) 对比分析初稿图与实际布局图的差异,分析其合理性。

第五步　学生执行任务

结合自己的理解,制定布局初稿图,进行参观调研,绘制实际布局图,并分析解释。

第六步　调研总结,形成调研报告

根据本组调研内容,总结调研内容,形成调研报告,以备成果展示。

▲ 成果展示

根据调查的结果,学生需要提交一份调研报告,字数不低于 1000 字,一份讲演稿(PPT 格式)。调研报告要注意格式,里面需附整体布局图,并要体现出每人负责的内容。

▲ 实训评价

实训评价主要是评价学生在课堂上讲解内容的完整性,表述是否清楚,逻辑性如何,成员协作配合等。评价的标准如表 4-3 所示。

表 4-3　仓储与配送中心布局调研实训评价评分表

考核内容	评价标准	分值/分	评分/分		
			自评(20%)	小组(30%)	教师(50%)
物流企业调研	组织协作能力	25			
	布局图的绘制	25			
	调研报告写作	25			
	调研汇报内容	25			
	评价人签名				
	合　计				
评语					
					教师： 年　月　日

▲ 技能拓展训练

【训练】　绘制仓储配送企业布局图

(1) 训练目标：熟悉不同类型仓储配送企业布局。

(2) 训练内容：

① 参观传统仓库，了解并绘制其布局图。

② 参观其他形式的配送中心，了解并绘制其布局图。

③ 结合配送中心不同类型，解释其布局差异。

(3) 训练要求：

合理进行小组分工，每个小组在以上三项训练内容中任选一项。

(4) 训练评价：本训练的考核评价如表 4-4 所示。

表 4-4　绘制布局图评价评分表

考评组		时间	
考评内容	考核标准	分值/分	得分/分
绘制布局图	组织有序,合理	25	
	布局图绘制清晰、正确	25	
	差异分析充分	25	
	讲述简洁明了	25	
总分			
签字(本组成员)			

任务二　taraVRbuilder 仿真软件综合训练

▲ 实训目标

1. 熟悉 taraVRbuilder 仿真软件的界面、图标等；
2. 掌握墙体模型的构建；
3. 掌握出入库仿真动画模型构建。

▲ 情景设置

taraVRbuilder 是一款运用虚拟现实技术进行三维建模和模拟基于时间的传输、物流和保管/仓储物资的软件工具。这套软件用于对机组装置的可视管理和分析，可以通过标准数据库中的模块来配置所需要的设备；除了可以构建生产线和输送科技的厂房建筑外，也可以呈现许多外部设备，例如机床、运输车、工人等；可以使用不同的货物及通过设备中的不同途径来模拟物料流。

taraVRbuilder 的应用领域包括销售支持、计划、工程规划以及档案整理等。taraVRbuilder 可以作为"数码工厂"软件来使用。

taraVRbuilder 的特色在于用户可以在不具备特别的编程和三维设计技能的情况下，简便快捷地创建虚拟、三维的动画场景。

taraVRbuilder 适用于以下领域的员工：物流和仓库技术领域的计划和市场营销；连续生产；食品工业；塑料加工；包装和堆放技术。

▲ 实训地点

物流实训室

▲ 实训步骤

第一步　熟悉 taraVRbuilder 仿真软件主体界面

taraVRbuilder 仿真软件主界面见图 4-1。

第二步　学会 taraVRbuilder 仿真软件墙体楼梯等外部模型的构建

1. 仓库墙体的建立

步骤 1：单击插入墙壁按钮 下拉菜单，选择"紧凑"，如图 4-2 所示，一个实体墙面就被添加到 3D 视图中了。从图 4-2 中可看到，墙面是悬空的，可以在输入区域更改"排列"选项中的 Z 轴坐标值。

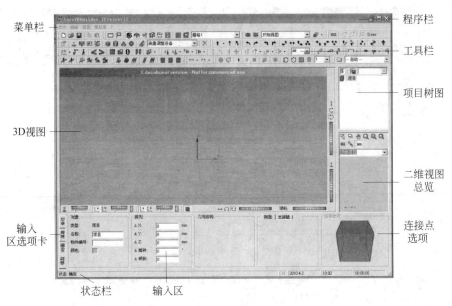

图 4-1　taraVRbuilder 仿真软件主界面

（图中标注：菜单栏、程序栏、工具栏、3D视图、项目树图、二维视图总览、连接点选项、输入区选项卡、状态栏、输入区）

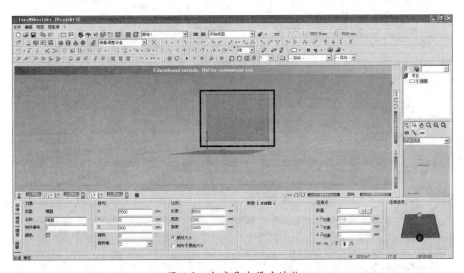

图 4-2　仓库悬空紧凑墙体

将 Z 轴坐标改成 0，将墙体落在地面上，如图 4-3 所示。

步骤 2：单击按钮 下拉菜单，里面包含左拐角柱、右拐角柱、柱体分支 1∶2、左柱分支 1∶2、左/右柱分支 1∶2、右柱分支 1∶3 等选项。在这里选择"左拐角柱"。另外几种拐角柱可以在练习中，观察其作用。单击"左拐角柱"，如图 4-4 所示向左的拐角柱添加在墙面的右侧。

步骤 3：在右拐角柱的那侧继续添加墙面，单击按钮 下拉菜单，选择附带窗口，如图 4-5 所示的墙壁被添加。

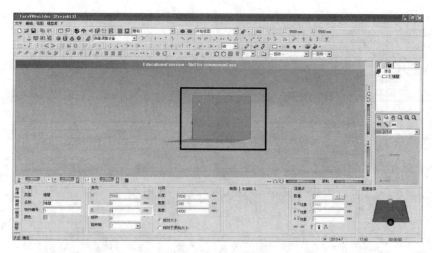

图 4-3　仓库墙体紧凑

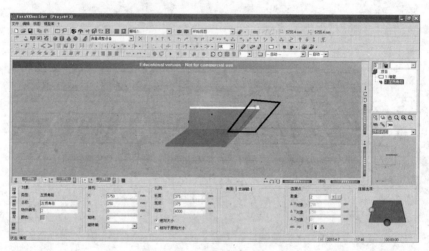

图 4-4　仓库墙体拐角柱

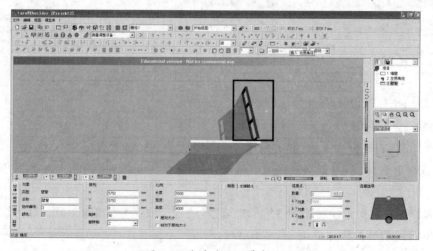

图 4-5　仓库墙体附带窗口

步骤 4：依次添加左拐角柱体、附带卷帘门的墙体、左拐角柱体、附带细工的墙体，最后再添加一个左拐角柱体，这样一个四面环绕的房间墙壁添加完毕，如图 4-6 所示。

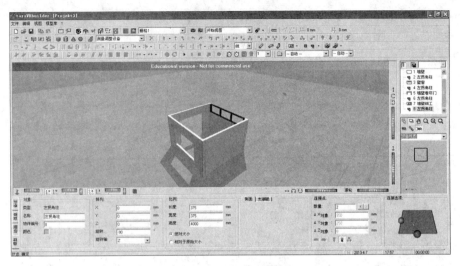

图 4-6　仓库墙体

2. 楼梯的添加

步骤 1：添加一个锥体，作为新起点。单击按钮，如图 4-7 所示的锥体被添加在 3D 视图上，可以通过二维视图来移动这个锥体。

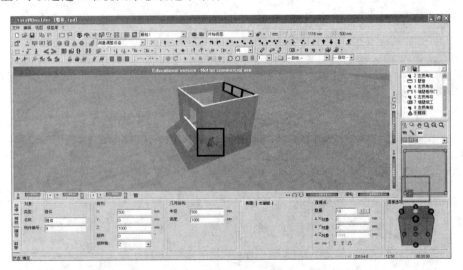

图 4-7　锥体

步骤 2：单击二维视图的按钮，移动整个二维视图，将锥体移到视线范围内，如图 4-8 所示。

单击二维视图上的移动对象工具，然后移动红色的小方块，这个就是锥体的二维视图。移动锥体到适当的位置，如图 4-9 所示，红色框内显示的是二维视图中锥体移动后的位置，相应的 3D 视图中的锥体的位置也移动了，如图 4-9 黑色框内显示。

图 4-8　二维视图界面

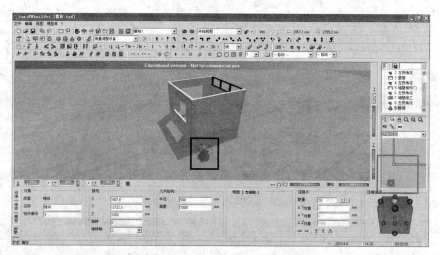

图 4-9　锥体二维视图和三维视图

步骤 3：单击过道直线按钮，一个过道就被添加到锥体的上方。下一步，可以把锥体删除，将过道的高度降低。这里将过道 Z 轴的坐标改为 300mm，如图 4-10 所示。

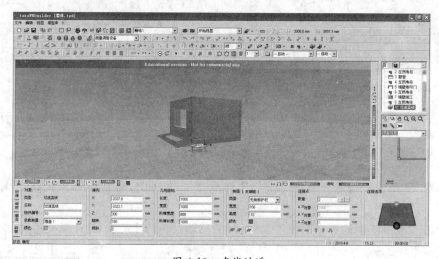

图 4-10　直线过道

步骤4：将直线过道左边那个连接点激活成浅绿色，再将输入区的倾斜角度改为30°，这时会发现过道的扶手向上倾斜了30°，如图4-12所示。然后再激活右边的点，再单击过道按钮，添加一个过道，如图4-11所示。

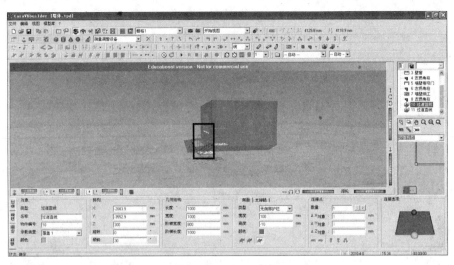

图4-11　倾斜直线过道

步骤5：如此反复修改上一个过道的倾斜角度，然后再添加下一个过道，如图4-12所示。

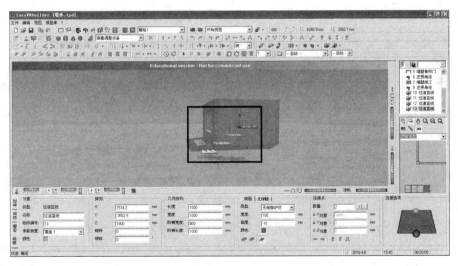

图4-12　楼梯示意图

第三步　掌握taraVRbuilder入库仿真模型的构建

（1）添加多堆积传送带↑▼；

（2）添加叉车🚜▼；

（3）添加叉车装卸载路线｜＼◁；

（4）添加前部卸载叉车 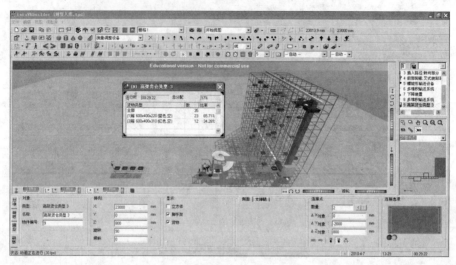；

（5）添加螺旋形输送设备 ；

（6）添加传送带和高架货仓 ；

（7）设置模型以及运行动画，得出最终模拟示意图，如图 4-13 所示。

图 4-13　入库仿真模拟示意图

▲ 实训成果与评价

教师根据表 4-5 所列的考核标准检查，评价学生完成的成果和工作过程。

表 4-5　taraVRbuilder 仿真软件综合实训评价评分表

考核内容	评价标准	分值/分	评分/分		
			自评（20%）	小组（30%）	教师（50%）
taraVRbuilder 仿真软件综合训练	软件界面考核	20			
	墙体模型考核	20			
	入库模型考核	20			
	出库模型考核	20			
	实训手册填写规范	20			
评价人签名					
合　计					
评语					

教师：

年　月　日

▲ 技能拓展训练

【训练一】 货物入库过程仿真模拟

（1）训练要求：用 taraVRbuilder 仿真软件模拟货物入库过程。

（2）训练步骤：

步骤 1：添加传送带如图 4-16 所示，左边入口点变为浅绿色。再将黄色框中的几何结构的长度值改为 4000mm(4m)，则传送带往出口方向延长至 4m，如图 4-14 所示。

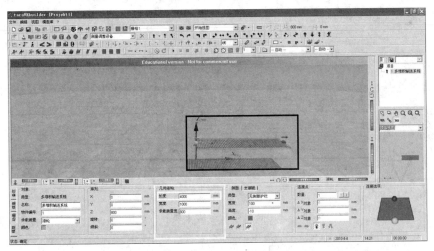

图 4-14 传送带示意图 1

步骤 2：在"侧面"选项卡中，通过"类型"的下拉菜单选择有无侧部护栏等类型。如选择"有侧部护栏"，同时再单击图 4-15 中红色框中的"插入脚手架开/关"按钮，这样传送带的护栏及支撑腿就能显示出来。还可以选择无、无侧部护栏或者改变其他参数。

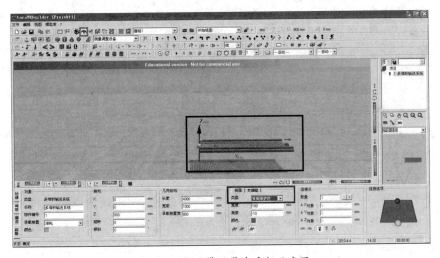

图 4-15 传送带附带脚手架示意图

步骤3：支撑腿的相应参数显示在下方的"距离"、"高度"、"颜色"中，如图4-16所示。图中最下面一行图标 ▢▢ ▢▢ ▼▼ ▼ 为支撑腿编辑按钮。各按钮的作用从左至右依次为：插入支撑腿、删除支撑腿、排列支撑腿左/右对齐、排列支撑腿左对齐、排列支撑腿居中、排列支撑腿右对齐。可以通过这几个按钮增加、删除支撑腿和排列支撑腿的位置。还可以通过改变各支撑腿的距离来排列支撑腿的位置。如图4-16所示，选择"排列支撑腿左/右对齐"，就是把第三个支撑腿的距离改为4000mm。

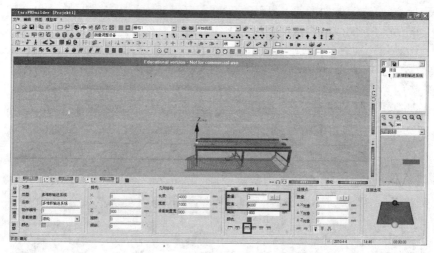

图4-16 传送带附带脚手架和支撑腿

至此，多堆积传送带需要改变的参数已经设置完毕，传送带添加完毕。

步骤4：添加叉车。激活传送带出口点，单击图4-17中的红色框前部装载（回路）下拉菜单按钮 ▣▾ ，选择叉车。

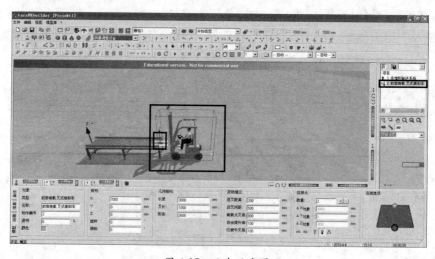

图4-17 叉车示意图

步骤5：单击输入区旁边的"动画"选项卡，可以看到如图4-18所示的有关叉车空载和负载时的各种运行速度。可根据需求更改速度。

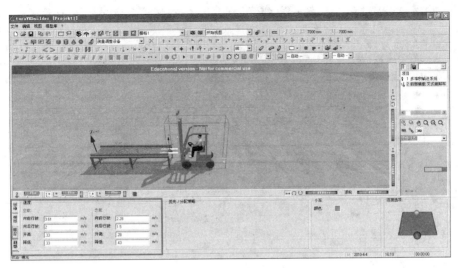

图 4-18　叉车参数设置

步骤 6：单击"插入路径：转向"按钮，即图 4-19 所示红色框中的按钮，一个转向路径就被添加到叉车后部，叉车将按照这个路径前进及后退。观察项目树图，其中增加了一个"插入路径：转向部分"的分支。同时，黄色框中的输入区域可以根据需求进行相应的更改。

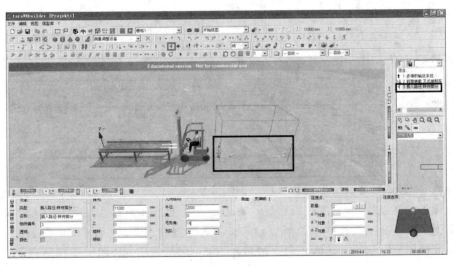

图 4-19　叉车转向路径

步骤 7：单击图 4-20 红色框内 按钮的下拉菜单，选择"叉车"。这样叉车卸载区域就会被添加到 3D 视图中。

黑色框内是叉车卸载区域。可以根据需求更改黄色框内输入区域中的数值。

步骤 8：添加传送装置。单击图 4-21 红色框中的按钮 插入螺旋形输送设备，螺旋形输送设备被添加到卸载区域的后方。模型运行时，叉车会把货物卸载在螺旋形输送设备的起点，接着货物会沿螺旋轨道被运送至终点。

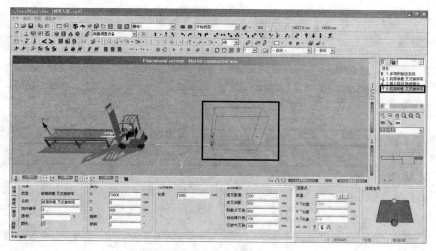

图 4-20　叉车卸载区域示意图

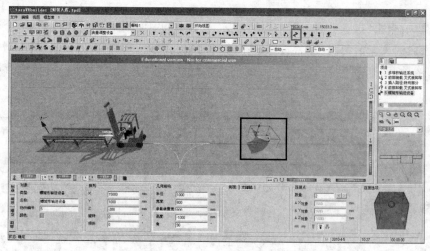

图 4-21　螺旋形输送设备

步骤 9：选择螺旋形输送设备后可根据需要更改黄色框中的高度及角度，高度是指控制输送设备的终点高度，角度是指螺旋形输送设备在起点和终点间的回转角度。这里选择高度为-1000mm，角度为 90°，所以输送设备的终点在地下，并且可以观察到螺旋形输送设备旋转了 90°，转向-y 轴方向。假设把高度改为 1800mm，即螺旋形输送设备输送高度达到 2600mm，角度改为 360°，使得终点和起点在同一个方向，货物最终仍然往+x 轴方向输送。螺旋形输送设备改变后如图 4-22 所示。

步骤 10：添加一个传送带装置，激活传送带入口点，将传送带长度改为 3000mm，如图 4-23 所示。

步骤 11：在传送带的终点添加一个下降装置，使货物从 2600mm 的高度下降至 800mm，单击图 4-24 中红色框内的插入下降装置按钮，下降输送装置就被添加到传送带的末端了。黄色框内的起重机高度可以改变装置运送高度差。

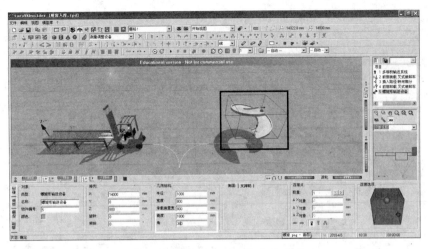

图 4-22 螺旋形输送设备参数设置

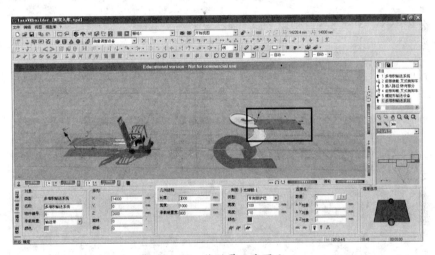

图 4-23 传送带示意图 2

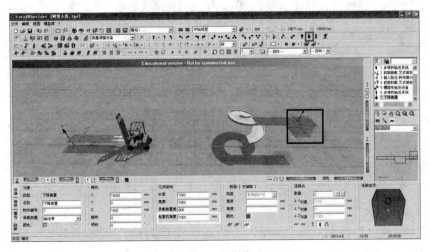

图 4-24 下降装置

步骤 12：将起重机高度改为 1800mm，如图 4-27 所示。改变后的下降装置如图 4-25 中 3D 区域。

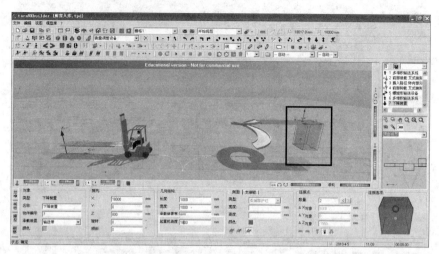

图 4-25　下降装置参数设置

步骤 13：在下降装置的末端添加传送带，将传送带长度改为 3000mm，使货物下降并传送到传送带上，如图 4-26 所示。

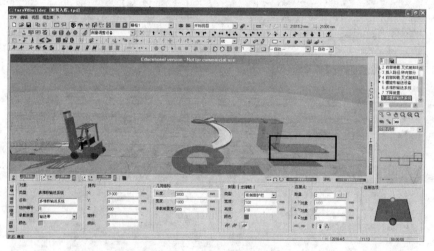

图 4-26　传送带示意图 3

步骤 14：添加高架货仓。在传送带的后端添加一个带存货显示的高架货仓，使得货物最终运送至货架，完成简单的货物入库模型。单击按钮⊞插入高架货仓类型 3，如图 4-27 所示的高架货仓被添加到传送带末端。这个货仓可以显示存货量，模型运行起来以后，单击货架，就会有表弹出，显示当前货架的货物量。选中黄色框内的显示货架复选框，货架上就会显示货物。

步骤 15：在选中高架货仓的情况下，单击红色框内的自定义模型按钮，弹出如图 4-28 所示的对话框，可根据需求更改货仓存储设施和通道的有关参数。

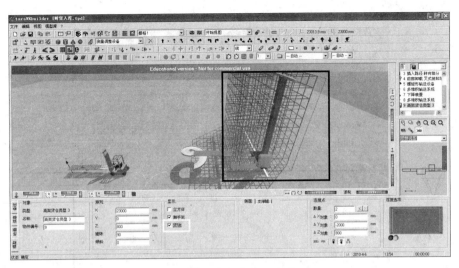

图 4-27　高架货仓示意图

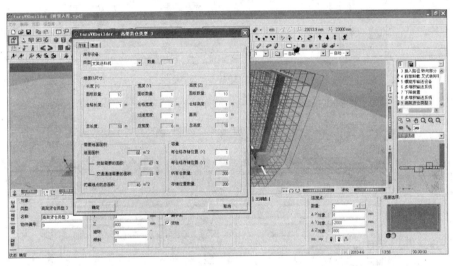

图 4-28　高架货仓参数设置 1

　　在设置通道时,需要注意图 4-29 中红色框内的"源"定义。通过源的定义,能将货物显示在货架上。

　　单击"源"按钮,弹出"参数源"对话框如图 4-30 所示。需要先选中要放置在货架中的货物,如选择红色框内的蓝色箱子和红色箱子,两种货物的参数可在下面的蓝色框内更改。"比率(分批)"可定义此种货物占所有货物的比例值,默认值为此种货物的总数。设置完成以后,单击"确定"按钮,货架上就会有货物显示,如图 4-31 所示。

　　步骤 16:在高架货仓的输入区"动画"选项卡中,可根据需求更改各项速度值。值得注意的是"优先/分配策略",这个区域分为"分配"和"优先"两个设置。在"分配"设置中,策略可以选择"替换"、"百分比"和"已分类"三种类型。如图 4-32 所示,在"替换"策略中,可以规定入口点和出口点出入货物的分批大小。

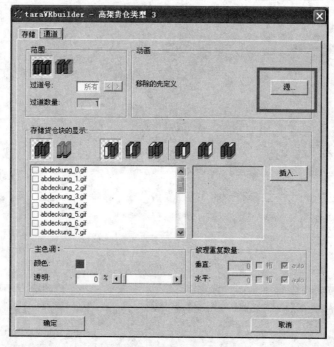

图 4-29　高架货仓"源"设置

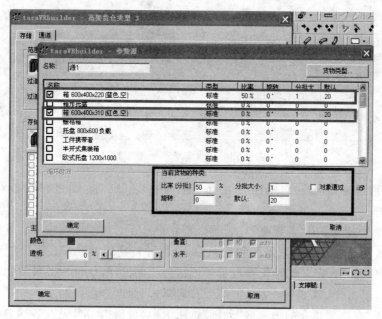

图 4-30　高架货仓货物参数设置

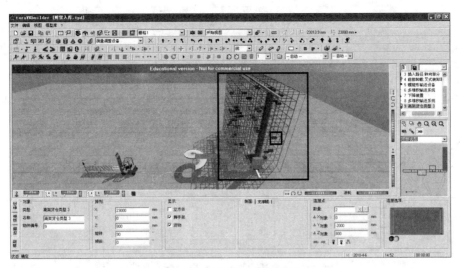

图 4-31 高架货仓参数设置 2

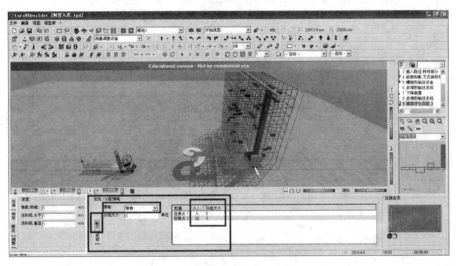

图 4-32 高架货仓货物产生策略设置

在"百分比"策略中,可以定义出口点运出货物的百分比,如图 4-33 所示,现在这个货架只有一个出口点。换成别的装置,可能有几个出口点,这样就可以为不同点分配不同的出货比例。

在"已分类"策略中,可以为出口点分配哪种类型的货物从哪个出口点出货,如图 4-34 所示。这里的高架货仓只有一个出口,因此定义蓝色箱子和红色箱子都从这个出口出货。

步骤 17:运行模型。运行模型需要先为模型定义一个最初的货物源,这个源必须定义在整个模型的起点,即最开始添加的传送带的入口,如图 4-35 所示 3D 视图中黑色框内的点。定义源时,必须将这个点激活。然后再单击图中红色框内的分配源按钮 ⊙,这样会弹出一个对话框,如图 4-36 所示。

图 4-33　高架货仓货物产生百分比策略设置

图 4-34　高架货仓货物产生已分类策略设置

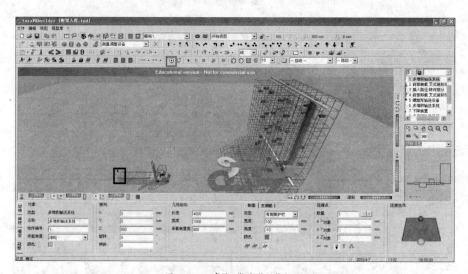

图 4-35　高架货仓"源"定义

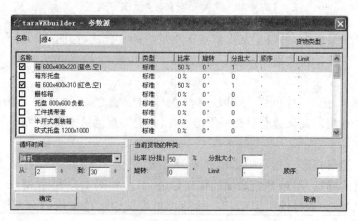

图 4-36　高架货仓源参数设置

在弹出的对话框中,首先需要选中需要的货物类型。在这里选中蓝色和红色的空箱子。在选中某种货物种类时,可以在蓝色框内进行一些参数的改变。定义比率(分批)中的一种货物,另一种货物会自动分配。在"循环时间"中,可通过下拉菜单选择"同步"或者"随机"。选择"同步"时,可以定义货物循环产生的时间,单位为 s。选择"随机"时,货物就会在2~30s这个时间段随机产生货物。

参数确定以后,单击按钮 ▶ ,模型就会运行起来。在模型的运行中,可以单击暂停按钮 Ⅱ 、停止按钮 ■ 暂停或停止运行模型。除了可在单个模块中定义单个设备的运行速度,也可以控制整个模型的速度。可通过其下拉菜单,选择几倍的速度运行整个模型。图 4-37 是模型运行界面,3D 视图上的小对话框就是前面提到的高架货仓的存货显示对话框。在对话框中可以看到货仓的总分配率、货物类型、数量及货物百分比。

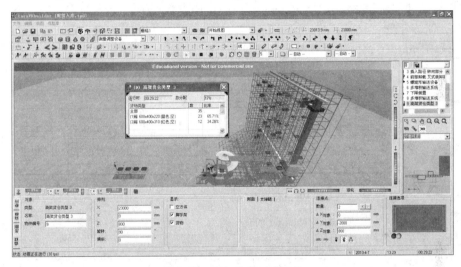

图 4-37　模拟货物入库运行

【训练二】　利用 taraVRbuilder 软件完成图 4-38 的设计

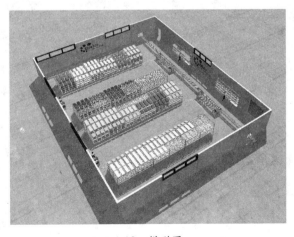

4-38　模型图

（1）训练目标：

通过本项目的实训，使学生了解 taraVRbuilder 软件的模块功能，掌握该软件的使用技能。

（2）训练准备：

① 按组实施，组长负责安全；

② 熟悉 taraVRbuilder 软件各功能模块；

③ 掌握常用的 taraVRbuilder 软件设计技巧。

（3）训练步骤：

① 教师向学生讲解 taraVRbuilder 软件的各种功能。

② 教师向学生讲解绘图时应注意的事项。

③ 教师向学生讲解 taraVRbuilder 软件的使用方法。

（4）训练评价：

taraVRbuilder 软件使用评价评分表见表 4-6。

表 4-6　taraVRbuilder 使用评价评分表

考评组		被考评组（发言人）	
调研汇报题目		分值/分	得分/分
考评标准	taraVRbuilder 功能的了解	15	
	taraVRbuilder 的正确使用	25	
	绘图的时间	15	
	绘图结果的准确性	25	
	团队的合作	20	
总分			
签字（本组成员）			